赠云山馆遗诗
红藕花榭诗余

[清]孟传璿　著

孟宪恒　点校整理

西北大学出版社

图书在版编目(CIP)数据

赠云山馆遗诗·红藕花榭诗余/[清]孟传璿著;孟宪恒点校整理. —西安:西北大学出版社,2020.6

ISBN 978-7-5604-4530-4

Ⅰ.①赠… Ⅱ.①孟… ②孟… Ⅲ.①古典诗歌—诗集—中国—清代 Ⅳ.①I222.749

中国版本图书馆 CIP 数据核字(2020)第 083007 号

赠云山馆遗诗·红藕花榭诗余

[清]孟传璿 著 孟宪恒 点校整理

出版发行:西北大学出版社有限责任公司
地　　址:西安市太白北路 229 号
邮　　编:710069
电　　话:029-88302590
经　　销:全国新华书店
印　　刷:西安华新彩印有限责任公司
开　　本:635 mm×965 mm 1/16
印　　张:15
字　　数:100 千字
版　　次:2020 年 6 月第 1 版 2020 年 6 月第 1 次印刷
书　　号:ISBN 978-7-5604-4530-4
定　　价:60.00 元

出版弁言

《赠云山馆遗诗·红藕花榭诗余》，清代章丘诗人孟传璿著。

孟传璿，字在星，号西槎，山东章丘旧清平军镇人。生于清朝嘉庆初年，卒于道光二十三年杪冬，即一八四四年一月，享年四十有几。

孟传璿是孟子第六十八代裔孙。当孟子第四十六代孙孟坚时，因战乱由邹邑迁出，至第五十五代孟子伦一支，于明洪武二年（一三六九）三月二十六日，转徙枣强并定居于章丘旧清平军镇（简称旧军镇），此即所谓旧军孟家。那里在清代中晚期出过善于经营的东方商人孟雒川，也出过饱读诗书且卓有成就的文人学士，孟传璿即其中一位。

传璿具才气而淡视荣利，曾得食饩，援例授训导，道光壬寅（一八四二）摄寿光县教谕，但不欲往，众迫之方行，却旬日即归；用其《水龙吟·即席赠胡菊轩》中话说就是“半月粗官，一朝逋客，跨驴而走”！因为他“见惯司空耐辱，敢轻论陶潜五斗”，何必为那五斗米折腰？且“任他人讪笑，谁与辩，雌黄口”！之后他绝意仕进，觞咏自适至乐。嗜诗及词，常寓情于饮酒度曲；诗风衍王新城派。

王新城即王士祯，号渔洋山人，新城（今山东桓台）人，常以籍贯称其名。他是清初杰出诗人，是诗词创作神韵说的集大成者。

明清时期对古典文学的研究日趋深入缜密，王士祯“神韵”说别开生面，超越了传统意义上文法研究之具体文本形式，对古典作品艺术价值的理解，上升到理论高度。他推崇司空图《二十四诗品》中“不着一字，尽得风流”八字，创神韵说。从其观念中可知他所说的“神韵”，是指作品中只可意会不可言传的某种情思内涵。纵观神韵说发展脉络，唐代司空图之后，宋代严羽又提出“别材别趣”说，这些都可看作神韵说先驱。但“羚羊挂角，无迹可求”，只是提示了一种模糊惝恍的意蕴，没能把“神韵”概念真正锲入进诗词分析实处；“别材别趣”说从题材内容、审美效果、艺术表现方式等方面论述了诗词的独特规律和审美特征以及诗词创作中的情理关系，但却忽视了现实生活的作用，有其不足处。王士祯直接提出了神韵概念，并使其成为可认知和效法的诗词创作方法，于是人们惯把王士祯认作神韵派创始人。

总的来说，神韵派主张诗词创作要含蓄蕴藉，吞吐不尽，好像有言外余情，深意寄托，却又难以捉摸，无法指实；语言力求华美，尽量选用名隽圆润的辞藻，打磨得流畅清秀；风格讲究清远冲淡，自然入妙。

孟传璿是诗词神韵说践行者，从内容到形式，五古冲淡平夷，犹风流蕴藉；七古纵横盘拏，如健鹘摩霄。律绝诸作则清思隽语流露天趣，灭尽雕镂斧凿痕迹。诗者擅诗并兼长于词，词作中时而婉约峭蒨，时而磊落豪宕，在超逸之中兼饶豪迈，对其未伸之志、抑郁心地和坦白胸怀，能发为慷慨悲歌之调，情韵肆溢殆如秋云在空，变幻莫测。

孟传璿留下来的诗词有四百余首，诗存《赠云山馆遗诗》，共三百零九首；词留《红藕花榭诗余》，百又四阕。

该书初刊于清朝道光甲辰，即一八四四年，由安素堂刊印。该刊本是当时中国北方少见的一个家刻本。

《赠云山馆遗诗·红藕花榭诗余》目前在国内外图书馆公藏中已罕见著录。

整理、点校者孟宪恒，是孟传璿玄侄孙，一九六三年北京大学毕业，陕西师范大学教授。整理、点校过程主要是对流传原书进行了版本和文字考订，增加了新式标点。

孟传璿于一八四四年一月（道光二十三年十二月）去世后，族弟孟传铸为其撰述有《西槎公墓志铭》文，标点断句后依简体字式，附于本书之末，以便于人们了解其生平信息。

孟宪恒谨识　二〇二〇年五月

目　录

赠云山馆遗诗

卷三

红藕花榭诗余

赠云山馆遗诗

《赠云山馆遗诗》原书名页面

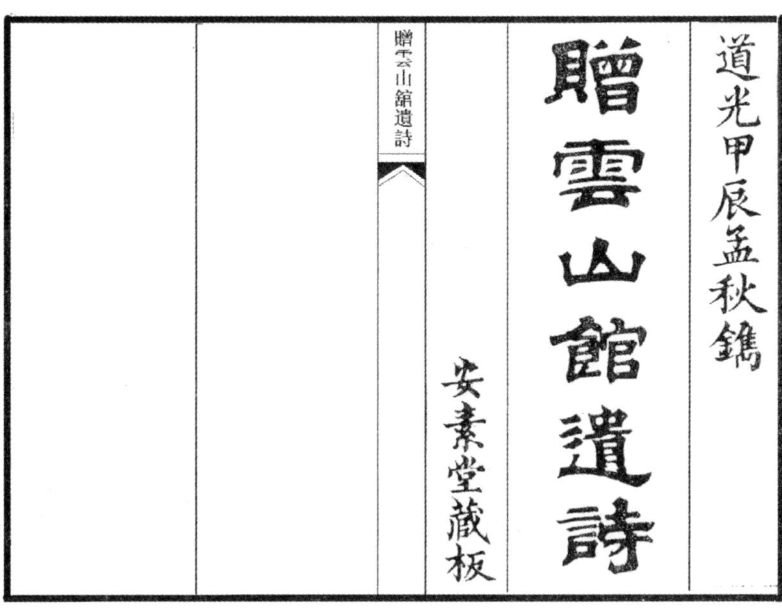

道光甲辰孟秋鐫

贈雲山館遺詩

安素堂藏板

贈雲山館遺詩

《赠云山馆遗诗》原序页面

贈雲山館遺詩序

曩余讀書於孟氏之別業惟時嵐亭農部
已致仕家居閉戶著書而鶴泉茂才鑑涵昭
經亦皆肆力於詩古文詞相為師友並各即性
之所近卒能成家蓋文字之交於斯為盛矣
而宦遊四方舊友零落二十年來諸君子相繼

贈雲山館遺詩　序　一

物故俯仰之間感深今昔前在薊北鶴泉子叔
農昭經首以所輯父書見示披讀之餘猶彷彿當年
嘗與論文撫籍談笑情事而嵐亭子在署廣文
亦屢以所自著郵寄相質又屢能殷風左屋寒
燈間字附也嶺海荆江往還萬里音問稍疏昨接
叔農條南函附在署詩詞急乞使為序乃知

在署已於癸亥冬去世矣異之手貴志沒地長埋
玉樹痛何可言爲悵悒者累日然所作而披
閱之不啻於沖澹之中得深醇之旨七言則秀傑
蔚勃出入於昌黎長吉間錄內所見五七律進而
益上若天假之年所至尚有量哉一行作吏此事
便廢筆墨之役自知叢蕪堪愧叔農慓南敦
厚之素且不息於死生聚散之感而滿然
悚跡存其文即存其人也噫
道光二十四年歲次甲辰三月望日綠原李廷棨
書於荆南道署之知魚軒

予輯備水詩鈔得覩 嵐亭 鶴泉兩先生
遺稿知吾鄉風雅萃於西氏康子假館清平
軍鎮介友叔農得識 在署先生過從之餘出其
所作詩詞相質益知與叔農皆作述一家淵源
有自答叔農爲 鶴泉先生喆嗣而在署即
嵐亭先生象賢也在署席先人業不屑計家
人生產以故家中落頗形困詘而在署滿不置意日
以其所作詩詞張之壁間往復長吟以自娛樂壬
戌捷閩邸屢文人窮爲之嘉而在署從任數日即
辭歸倫其不忘境遇之豈嗇也然若其天懷
之曠達矣於癸卯冬予在省垣聞在署染時疫
向綠暇叔農語在署已於數日前棄世矣爲悼嘆

者久之在星弟傅琢予门人也携其全集來屬予
點定并為序言并首予記琢於性道其窮謂其五
律精渾超脫出入三唐名家五古沖淡逼近韋柳
七古有太白之豪放昌黎之沉奥東坡之豪勁奇
肆蓋其習染與數錯出近體詩格亦極得七律
莊雅登作者之堂五七短章流脫超逸時露天
籟予前讀之見如其而并序其生平在亦雅度
之人知其人可論其詩讀其詩並可想見其人也道
光甲辰小春鞠農吳連周拜序

贈雲山館遺詩　序　四

贈雲山館詩序

坂廣文孟在星先生陽邨名士也壬辰
長夏與余定交於袁亟豈時存座上別
後尺一詩筒往復再四情甚洽也壬寅春
先生解壽光學成道禮參坡詩余不值未
閱之悵然今年風雨小會擬重陽節訪先
生於黃花紅葉間把酒談詩而散老懷忽
接先生族弟柳橋明經書云先生自去歲
秋冬已捐賓客將刻其遺詩而徵序於余
余覽書泫然不知涕之奚自也先生與余年
相若康強遠勝余乃復遠遭殂謝衰病
如余詎能久視人間耶然而編次先生詩附

贈雲山館遺詩　序　五

名以傳而可語於學者矣。夫馬氏之工詩也，尊盛於唐，如浩然、若雲卿、若郊、若遷及寶于皆衰盡而熄耀，及世宗元以來，寥寥無聞焉。余竊嘆以為極盛難繼，至今日始有先生崛起而舉其墜緒，雖格調不必盡同，其為吾宗稱盛事則一也。昔司空表聖作詩品凡二十四，於雄渾則曰返虛入渾，積健為雄；於豪放則曰真力彌滿，萬象在旁；于曠達則曰花覆茅檐，疏雨相過。是三品之寫之，而先生之詩有之，洵可與浩然等後先輝映而無愧矣。昭經又其亟刻之以公同好，且以愧世之草管著述者。

道光甲辰日躔鶉尾之次長山馬相甫子琴序

序三

李廷棨序

曩，余读书于孟氏之别业。惟时，岚亭农部已致仕家屋，闭户著书；而鹤泉茂才、鉴涵明经亦皆肆力于诗古文辞，相为师友，并各即性之所近，卓然成家。盖文字之交于斯为盛。

既而宦游四方，旧友寥落，二十年来，诸君子相继物故，俯仰之间，感怀今昔。前在蓟北，鹤泉子剑农明经，曾以所辑父书见示，披读之余，仿佛当年樽酒论文，掀髯谈笑情事；而岚亭子在星广文，亦屡以所自著邮寄相质，又居然秋风、古屋、寒烟、问字时也。岭海、荆江往还万里，音问稍疏。昨接剑农、璟南函，附在星诗词各集，使为序，乃知在星已于癸冬去世。英异之才赍志没地，长湮玉树，痛何可言？为怅惋者累日始能所作！

而披阅之，五言于冲淡之中寓酒醇之旨；七

言则寄情郁勃，望入于昌黎、长吉间；较向所见，五七律进而益上。若天假之年，所至岂有量哉！

一行作吏，此事便废，笔墨之役自知荒芜，甚愧剑农、璟南敦嘱之意，且太息于死生聚散之靡常。而茧丝蛛迹，存其文即存其人也噫！

道光二十四年岁次甲辰三月望日，绿原李廷棨书于荆南道署之知鱼轩。

吴连周序

予辑《绣水诗钞》，得睹岚亭、鹤泉两先生遗稿，知吾乡风雅萃于孟氏。庚子，假馆清平军镇，介友剑农，得识在星先生；过从之余，每出所作诗词相质，益知与剑农皆作述一家，渊源有自。盖剑农为鹤泉先生哲嗣，而在星即岚亭先生象贤也。

在星席先人业不屑计家人生产，以故家中落，颇形困诎；而在星漠不置意，日以其所作诗词，粘之壁间，往复长吟，以自娱乐。壬岁，授闾丘广文，人窃为之喜，而在星莅任数日即辞归，倏然若不知境遇之丰啬也者，盖其天怀之旷达然也。

癸卯冬，予在省垣，闻在星染时疫旬余；晤剑农，谓在星已于数日前弃世矣！为悴叹者久之。

在星弟传琛，予门人也，携其全集来嘱予点定，并为序言弁首。予非深于此道者。窃谓其五律精浑超脱，出入三唐名家；五古冲淡，逼近韦、柳；七古有太白之豪放，昌黎之沉奥，东坡之郁勃奇肆，盖其胸次与数巨公近故，其诗格亦相埒；七律庄雅，登作者之堂；五、七短章，洒脱超逸，时鸣天籁。予管蠡之见如此，而并序其生平者，亦欲后之人，知其人可论其诗，读其诗并可想见其人也！

道光甲辰小春，鞠农吴连周拜序。

马相芳序

故广文孟在星先生，阳丘名士也。

壬辰长夏，与余定交于袁玉堂明府座上，别后尺一诗筒，往复再四，情甚洽也。

壬寅春，先生解寿光学职，过礼参坡（地名，在邹平境，济南至胶东必经之地），访余不值，余闻之怅然。今余风痹小愈，拟重阳节访先生于黄花红叶间，把酒谈诗，以散老怀。忽接先生族弟柳桥明经书云，先生自去岁杪冬已捐宾客，欲刻其遗诗而征序于余。余览书泣然不知涕之奚自也！先生与余年相若，康强远胜余，乃复溘前殂谢？衰病如余讵能久视人间耶！然得编次先生诗，附名以传，不可谓非厚幸矣。

夫孟氏之工诗者，莫盛于唐，若浩然，若云卿，若郊，若迟，若宾于，皆震荡一时，炫耀后世。宋元以来，寥寥无闻焉。余窃叹，以为极盛难继。至今日，始有先生崛起而举其坠绪，虽格调不必尽同，其为不朽盛事则一也。昔司空表圣作《诗品》凡二十四，于雄浑则曰返虚入浑，积健为雄；于豪放则曰真力弥满，万象在旁；于旷达则曰花覆茆檐，疏雨相过。是三者品之家上。而先生之诗，有之洵可与浩然辈后先辉映而无憾矣！明经君其亟刻之，以公同好，且以愧世之草营著述者。

道光甲辰日躔鹑火之次，长山马相芳子琴序。

卷一

夏夜雨后

雨过生晚凉，纤月在林隙。
风微不成响，余润上轻绤。
荧光疏竹根，虫吟古墙壁。
已作忘机人，岸然坐终夕。

闲步

古岸通新屐，西风倚望间。
白云黄叶寺，秋色夕阳山。
野菊如人瘦，沙鸥共我闲。
朗吟独归去，流水掩柴关。

春霁郊望

吟余了无事，小步出柴荆。
云影淡春色，鸟声喧午晴。
断烟千岭出，新涨一川平。
拟觅林泉友，消闲判酒觥。

秋夜怀李东溟

华鹊何年送远游，滹沱千里滞回舟。
孤灯短榻三更梦，疏雨寒蛩八月秋。
止酒陶潜仍种秫，离家王粲几登楼。
幽燕旧是悲歌地，莫更哀吟易白头。

登泰山观日出歌

泰岱屹立摩苍穹，杰然震地当其冲。
银台金阙递隐现，盘根大槐撑鸿蒙。

有客昔云上日观，遥看日出扶桑东。
平生胸臆为开拓，变态奇状难形容。
前岁曾踏天门入，未穷佳胜回匆匆。
今来汶阳百无事，探奇旋到山嵱嵷。
斜日埋没岩壑黑，参斗惨淡天梦梦。
寒睡未成拥裘起，倚壁东望凝双瞳。
忽忽烟云积千里，渐由平地铺虚空。
须臾巨溟熔金液，如闻鲸浪惊溃虹。
方壶员峤俨烧劫，烈焰半上蒸穹窿。
赤鳞耀火火光出，羲和纵辔鞭群龙。
神鸟搏蛟沸蛟血，金轮浮出龙王宫。
群仙万灵奚迎揖，霞裳耀彩旗翻红。
天地震撼慑人魄，蹑级欲下心忡忡。
我宁信目不信耳，造物奇出真难穷。
金丸落笔鸣洪钟，旷代犹忆髯苏翁。
九天珠玉任咳唾，兴至海岳排胸中。
我欲效尤舌频咋，吟罢意气增豪雄。
回首八极开曈昽，一轮照耀磨青铜。
侧身俯仰小天下，几回倾倒玻璃盅。
烟消雾灭鸾鹤起，相将歌舞乘罡风。

绣江道中

犹忆江干载酒游，西风萧瑟动高秋。
半林红叶云边寺，一笛残阳水上楼。
倦鸟欲随人影散，余霞渐带野烟收。
更添今日吟哦兴，哪与人间富贵愁！

残腊书事

折简难招客，寻梅屡命车。
岭云初阁雪，村树乱啼鸦。
门少征租吏，钱输卖酒家。
明朝春又到，空自惜年华。

月夜宴集醉后作

庾公登楼，苏公泛舟，青莲对影搔白头。
三人意气凌清秋，缅怀使我心忘忧。

富贵不必鼎与钟，贫贱何必薇与蕨。
大块放眼皆文章，拓胸最有太虚月。
月明不择地，月生不择时，始非为人娱且乐。
天之生月将胡为，人不招月月笑之。

世无申罗孰携往，梯取照室亦虚想。
手持樽瓢任意倾，七宝楼台落吾掌。
掌中银丸恣摇弄，杯尽仰天见飞镜。
桂花枝上秋露繁，抛洒人间如流汞。
欲驱诗鬼敌酒魔，舌涩肠枯当奈何！
欢呼傲岸苦宵短，东方明星愁到眼。
醉乡列侯莫辞去，旋易糟丘作歌馆。
柯亭长笛缑岭笙，微风淅淅来轩楹。
呵叱吟虫且废声，恐防姮娥潜下听。

登台同成石轩

携客层台上，新凉雨乍晴；
乱霞争日彩，高树撼蝉声。
论世听鸣剑，开樽学吸鲸；
不知身已醉，相与御风行。

田家杂兴

禾秀秋已来，衡茅接山郭。
暑雨一尺深，天气放虚霩。
田夫荷锄至，平畴随跮踱。
攲架瓜壶垂，豆蔓花枝络。
老人饲鸡犬，扶杖如病鹤。
小憩寻树凉，午炊饱葵藿。
乱蝉嘶野烟，风疏日西落。
苍苍林木深，啁啾鸟争托。
台笠归南村，蓬门聚铫镈。
挈囊沽村酒，亚旅欢酬酢。
田夫出门语，夜凉当放脚。
日入无冠云，晨兴更操作。

夏日书事

多时离却黑甜乡，寂寞闲阶学坐忘。
剥啄一声林鸟散，槐花点点落琴床。

浒山道中

驴背疏林外，苍茫野色冥；
天寒增水白，烟重失山青。
落日荒村坞，西风古驿亭；
客途殊未远，卅里到柴扃。

留李东溟

渴怀成梦寐，今日复同游；
问世谁青眼，怜君已白头。
数杯欣共酌，五字足相酬；
莫更伤离别，萧萧落木秋。

冬夜

萧萧风雪岁阑时，兀坐空斋酌酒卮；
醉里不知夜深浅，孤灯残火伴吟诗。

岁暮历下书怀

弹铗高歌总未能，倦游常苦岁寒增。
云归涧壑山余雪，湖近楼台水不冰。
竿木随身聊作戏，琴樽联榻竟无朋。
夜来何物添愁思，僧梵沉沉月半棱。

都门晓望

羁游成底事，晓日正凭栏。
山势倾辽海，沙声走野滩。
云低烟树小，风紧雁行单。
无限幽燕景，吟余兴已阑。

偶兴

岂有登临兴，燕关晓望时。
尘沙连塞远，草木得春迟。

故国双鱼渺，豪情一剑知。
惟应屠狗辈，相与醉淋漓。

苦旱　噫嘻天之不雨民何辜

翕翕天地如蒸炉，旱魃为虐能抗诛；
战退泥龙怯不动，搏击还肆扶桑乌。
炎风酷烈日飘荡，火云欲下煎肌肤；
河底鱼虾已槁死，草木惨淡山容枯。
千家万家并悬耜，荷笠愁杀田间夫；
去岁三庚亦少雨，金官沛泽人民苏。
只今骄阳不能救，一十四旬无沾濡；
青天冥冥那可问，举神缚牲计亦粗。
灾祲史策屡经见，郑侠图绘今在无？
南山群盗如飞狐，纵横劫掠凭传呼。
凛凛宪法不知惧，始犹林谷今中途；
民既忧食复忧贼，仓皇四顾将奚徂？
剥榆伐桑强支吾，小儿呱呱且待哺；
欲叩阊阖隔万里，仰天聚泣声呜呜。
造物好生岂好杀，兹之耗斁胡为乎？
祸福无门果谁召，降祥降殃理非诬。

况天生民天所恤，天之不雨民何辜！

苦热同李柱山作

恨不身居华山里，吸取十丈莲花水；
如船大藕供朝餐，一味清凉浸肌髓。
复不得游清虚宫，琉璃万顷坐当中；
素娥环列白鸾舞，八万余户生寒风。
祝融燃火到平地，挐云作雨无灵计；
幽篁屡共琴客歌，池塘聊作水儿戏。
长安巨豪咨宴游，高屋大厦罗珍羞；
气焰熏腾肉山倒，踞床喘喘如吴牛。
结棚摇扇亦徒尔，内热未除身热留；
君不见：
延陵道上负薪者，五月羊裘尚垂踝。

郊居

晴开夕照间，积翠满空山；
蝉响千林出，云形百兽跧。

看花羞鬓秃，敌酒笑诗孱；
好待宾朋至，柴门晚未关。

见白发

当年人诧好头颅，镜里霜华忽上梳；
奈是无因偏至此，纵知非种也难锄。
服黄情笑莱公迫，点白名惭陆展虚；
入夜还将灯影照，近来颧颊更何如？

村外

不耐世情扰，偏耽野味闲。
蝉声多在柳，云影欲移山。
短屐迟苔径，西风破酒颜。
江干谁把钓？落日竟忘还！

秋夜书怀

名声缰锁奈身何，小簟清凉失旧疴。
雨过萧斋闻蟋蟀，帘疏高枕见星河。
醉余佳酿人谁共，吟到秋风鬓欲皤。
兄弟离群无远信，几回宵梦渡滹沱。

恕童过示诸弟

慈爱人情共，周详少小难；
岂甘离父母，总为迫饥寒。
谬误复何意，垂笞犹望宽；
责求休太刻，易地试相看。

祝枝山草书卷子

伯英骨朽张癫死，枝山狂客摄毫起。
草贤草圣谁师承，董张而外成一子。

赀币接踵门常扃，谁其窃者倡家女。
酒酣落笔挥云烟，会稽黑身推十指。
风驰雨骤须臾间，纵横直空万余里。
展卷过目龙蛇蟠，恨有鲟鱼啮其尾。
书力千年始神去，叹息容易成亥豕。
所幸八九犹形全，鲟鱼贯柳非其比。
倘令物出贞观上，定将搜寻烦萧使。
昏雾惨淡穷太阴，猎猎长风透毛髓。
不贮箧笥舒斋堂，白昼惊人夜驱鬼。

归来

凌晨吟帽拂霜华，马到江村日已斜。
一径疏风闻落叶，牛潭秋水浸明霞。
雁飞苍宇无留影，菊过重阳始见花。
还拟吾庐冰雪里，酒杯诗卷寄生涯。

有感

医俗元无肘后方，奇谋大半出饥肠。

汉家食货空成卷，不及无功撰醉乡。

看客舞刀

寒风猎猎天无光，荒阡人聚如堵墙；
中有一人按刀立，虹气八尺开堂堂。
掀身掣刀把刀舞，下天鸷鸟出山虎；
草木震动山谷鸣，助以金铙杂鼍鼓。
电光交掣风争驰，冰碎千片抛琉璃；
浑脱撇捩身百转，四山雨雪皆横飞。
童叟无言尘不飏，龙伸蛟屈无殊状；
挺然一掷空有声，杀气凌腾人胆丧。
扪绦停足山耸肩，旁立倒橐争送钱；
谁其俦者苍水使，要图大功卫天子。

赠成石轩

世合盲声处，人凭牛马呼。
浮名根躁念，捷径总歧途。
风月樽常满，龙蛇道不孤。

升沉元有定，莫笑北山愚。

沈石田山水歌

天地有奇气，山川乃旁分；
垢污见藏纳，大造为之门。
泥龙唾雨山出云，氤氲变态殊朝昏。
名下画手多天与，沈家绝艺今犹存。
五日十日一水石，经营挥洒穷天根。
老树槎牙卧斜谷，堆阜绵亘熊罴蹲。
江雾上蒸锁横岭，隐隐叠浪浮鼍鼋。
重楼古刹看灭没，黑入太阴神鬼扪。
悬流倒垂激石齿，珠玑万斛生蛟喷。
攀藤牵葛猿狖苦，坐听无乃云中君。
勃发天机开性源，齐纨从此留墨痕。
我闻先生生寡合，落落门无车马杂。
天使到门终不答，桐帽纻衣随老衲。
青山招隐留草靸，湖上沽酒捞蚌蛤。
元化鸿蒙有变态，风晴云晦见开阖。
王神郭妙谁师承，天工直以人力拓。
九州探奇元我志，飞尘十丈为闭合。

岂谓阿堵难绝交，幸有曲生频执榼。
生绡一幅悬空堂，卧游还借少文榻。

岁余咏怀

严序已云暮，椒花欲颂香。
婚姻诸弟大，岁月一身忙。
古匣空鸣剑，残书尚满箱。
吟斋余酒脯，敢倚阆仙狂。

登山有感

拟作苏门啸，层崖托兴豪。
云蒸岚气合，野阔地形高。
去日惊飞电，亡羊失补牢。
及时须致乐，丘陇尽蓬蒿。

途中口号

垂杨牛隐野人家，陇麦青青欲没鸦。
好事春风如有赠，一枝吹折路旁花。

幽事

良友无谈兴，门扃履迹稀。
空阶花占影，老雨水生衣。
罢奏装琴好，开帘候燕归。
晚樽更须置，山月照斋扉。

途次浒山驿

软沙迟去马，轻吹解余醺。
天影亏芦叶，篙声散鸭群。
炊烟村屋起，客路野桥分。
渐觉行人少，千山锁暮云。

游长白山用佳韵

探奇九土平生怀，向禽之愿何时谐。
副岳绵亘纵崴嵬，烟霞变灭岩峦排。
老雨挥洒山气佳，不惜踏穿新蜡鞋。
点检游具携同侪，健仆琴篋相与偕。
村店牢系犁眉騧，蹑踵初步从双崖。
乱石嶕峣无级阶，尻高首俯形如挨。
注脚下趋随徘偕，仰天忽作井底蛙。
涧泉漱沙流湝湝，石矼容足无舫簰。
岩阴四月抽草荄，逸禽狎鸟鸣喈喈。
洞壑深黑翳枫櫰，谷气寒凛忧病痎。
斜日惨淡云雾埋，扬沙打面吹狂埃。
怪木啼吼惊离华，震撼几欲倾羸骸。
压胆不用腰间鞁，山灵应为驱虺豺。
攀跻谁忧耳目乖，隔岭吠犬闻啀啀。
歧途问答逢村娃，不辞劳瘁为情差。
细路百转抵僧斋，昙花贝叶纷琼街。
佛香袅篆围松钗，老僧款客如枯秸。
方袍短锡缠文绁，煮茗滤泉花满篵。

山簌堆盘胜肥豯，却忘人世珍鱼鲑。
钵器制古同鹂蜜，灵草仙药杂樵柴。
鹤行鹿卧门常闯，直轶魏晋追羲娲。
凭高肆望双眼揩，飞兴霎遍鸿蒙涯。
鹜争蚁战环宇皆，当道青紫驰车犂。
餍饫庖鼎辉龟娲，厌聆清奏夸秦哇。
吁嗟头面污黄埃，局外齿冷看优俳。
我生薄劣殊强楷，尘梦多付广陵槐。
何事踽蹐悲栖蜗，叫啸焉得酒如淮。
题诗敢劳水松牌！

蝗

上帝灾孽谁为司，旱蝗助虐时相资。
旧岁阡原有遗种，今且母一生百儿。
细麦如发几枯死，附叶抱穗悬纍纍。
气聚诜诜易滋长，朝盈崖谷昏水陂。
大者飞举小跳踯，啮嚼草木无余遗。
杀伤沴气容致此，吾土饶沃非边陲。
腊雪稀疏不成冻，勿以衔啄诛鸦鸱。
官吏督课田夫迫，殄屠扑灭筋力疲。

比年夏秋皆少雨，桴京如涤悲疮痍。
石斗易钱谁悬令，恐有泉布无秭秠。
百谷从来为民命，岂天故与斯人饥。
豺狼搏噬纵牙爪，犹足食肉寝其皮。
纭纭微物成大孽，可并桑葚充鼎糜。
循良史策屡经见，或化鱼虾或飞移。
焚香祈祷亦徒尔，枉教震纵劳金鼙。
秉蟊投火亦一法，所虑繁众功难施。
贪冒贿赂今果有，头黑头赤无等差。
梁福不作驱逐计，忧国郑侠图流离。
牧牛绝刍当孰咎，幸勿讳灾多见欺。

渔父词

秋风片片秋水阔，大鱼小鱼游泼泼。
不施网罟不用筌，波心撑出瓜皮船。
丈八纶竿信手理，得鱼欣然失亦喜。
沧浪歌罢还复歌，雨蒙笠子晴晒蓑。
船头葫芦贮美酒，沧州白鸟结为友。
行穿兰渚循蓼汀，白头无人识姓名。
人招与语去不顾，摇入葭芦最深处。

蚕妇词

柳花摇落桑叶长，东家西家罢来往。
戴胜飞鸣桑叶稠，妇忙十日不梳头。
料理筐筐逐蝇鼠，满箔绿云响春雨。
三眠四眠蚕上蔟，藁草累累缀金玉。
缫车咿轧丝连绵，回眼墙篱百株秃。
鸣机弄杼殷勤斯，五日三匹未言迟。
为纤为素当贻谁？
他日官家耀彩错，犹自褴褛身上着。

牧牛词

牛趵趵，人踱踱，人尾牛行牛不哞。
人骑牛歌敲牛角，放牛兮远垧，阡之草兮青青。
牛得草兮牛不动，倚乔木兮笛三弄。
出每戒晏归休早，上陁下陂纵牛饱。
牛饱兮牛卧，牛饮池中水纹破。
牛日饱兮牛渐肥，得饱者牛非牛为。

牛或不饱牛知之，田家藏积祟如坻，
犁泥耙土资伊谁？

田家词

春日耕作冬涤场，一岁四季三季忙。
时旸兮时雨，徼社灵兮打村鼓。
维天兮降康，载铚载桲兮其簸其扬。
夜舂珠颗输官仓，干藿糜饭杂秕糠。
风萧萧归茅屋，排比薪刍系牛犊。
黄绵袄子安且燠，何必建钟巨鼓堂上欢？
拊瓴扣盆和歌情亦足！

山游

未觉偻身倦，欣供望眼赊。
夕阳分井落，高鸟占烟霞。
渐有逍遥趣，谁闻笑语哗。
岩风流磬韵，知近老僧家。

白竹簟歌

六月不兴龌龊热，堂上平舒八尺雪。
片席何遽生夏凉？
其生乃在挹娄之坡，寒门之穴。
皓霜固其皮，隆冰坚其节，老根蟠虬枝插铁。
刚刀利斧劳摧折，随手莹莹落琼屑。
水晶帘兮作样，琉璃波兮成纹；
仙云同卷龙同伸，鲛人妙巧难等伦。
度其工兮料匝月而兼旬。
王侯一遇应作连城珍，价售不惜盈千缗。
我初得之搆利场，传观众口褒其良。
四方屋子矬脚床，风漪照彻琼瑶光。
仿佛环盖千筼筜，却疑人世无曦阳。
罢拂龙须浇虎汤，眉宇虚寂图轴香，
翛然一梦开炎荒。

有访

能作兼旬别，相寻过曲溪。
水翻斜照碎，天压远山低。
门寂惊驯鸟，苔荒认旧蹊。
主人弹古调，声出竹林西。

园居即事

安闲坐小楼，饮具睡余收。
病叶先秋下，归云带雨流。
萧骚鸣竹箨，起灭看池沤。
几榻无留暑，孤吟兴复遒。

夏日闲居

何事寻方外，闲居远世情。
修篁碎阶影，过雨失琴声。

山好登楼看，诗多倚槛成。
小斋书插架，披读了吾生。

野步

秋色来天末，新诗野外搜。
河流时啮岸，村树不遮楼。
蝉噪疏烟断，山浓夕照留。
渐闻人语近，拟拜种瓜侯。

老妪叹　告邻翁卖屋去

西村老妪倚门哭，昨夜狂风卷茅屋。
男儿质作富人仆，里婿叫迫偿官谷。
东家锄犁西家犊，釜甑埃壒尚盈斛。
身示褴褛倒空簏，倒空簏吏不顾走。

晴郊触目

款段何须御，披风过野塘。
雨多村井浅，天廓岭云荒。
林影舒平岸，蝉声带夕阳。
更归图软饱，略拟四明狂。

饮大观楼放歌

人生不封万户侯，便当弃家五岳游。
不尔索取狄希酒，一醉过却三春秋。
处身株橛胡为者，抖擞尘衣御风马。
高鸟飞尽天外天，云涌松涛落檐瓦。
忽忆神仙空际来，翠旗芝盖东西排。
下阶为奏钧天乐，迴然鸾凤相和谐。
素女环立香童舞，招我同上金银台。
琼浆玉液流霞杯，大醉云韶催送回。
嗒然一笑真快哉！
设想虽虚亦神王，手拍回栏发清唱。

罢歌舒啸坐客惊，野鸢树蝉俱废声。
附阁谺洞黝无底，中有老龙睡不起。
何法咒出行九天，清廓埃氛败妖鬼。
松阴惨凛岩壑黑，千年茯苓掘不得。
林烟变灭金盆倾，十万芙蓉琥珀色。
蓬莱绝岛昆仑巅，探奇有志终无缘。
安得长房为缩地，高岩杰岭排眼前。
主不留客客自住，瞥见东岑挂蟾兔。
鹦鹉鸬鹚须尽欢，喧闹莫忘山灵怒。

赠诗囊

相随日日伴樽壶，大地江山贮得无。
便使终成枵腹烂，不容一着利名奴。

蒺藜

每碍铺茵坐，兼妨散履行。
呼童频检点，休使上阶生。

早行

漫说出门慵，风疏小带松。
溪沙清漱月，草露冷啼蛩。
匹马成孤往，良交得再逢。
路回山寺近，烟际一声钟。

郊望

疏拙谢尘喧，乘闲出墅门。
西风鹅鸭浦，残照柳榆村。
人散遥闻语，烟开淡有痕。
终期碧山隐，结屋老云根。

酒闲呈韩弼若

未央砖，铜雀瓦，千秋万岁蛇穴下。
黑土夷陵看灯灺，地维倾侧无停锞。

湛卢豪曹出大冶，风胡去天识者寡。
虎威耽耽老狐假，泥蛙鼓腹争跁跒。
枭鸱叫啸鸾皇哑，傀儡衣冠弄酬酢。
牛脍熊蹯野猪鲊，肘斗腰龟乃天椴。
君不见：
杜陵野老无广厦，破屋高歌泪盈把。
万事浮云属杯斝，人胡为人做牛马。

秋夜

读罢闲居赋，更深坐小楼。
竹根灯射影，蕉叶雨鸣秋。
别绪悬双鲤，吟怀拓一瓯。
羸童偏好睡，齁哈已垂头。

长句寄李杜亭

野山狂客粗布襦，沦迹渔钓侪樵苏。
齿冷贯朽逃纡朱，疗饥煮字羞妻孥。
木屐箨冠出无驴，得意狂呼惊市屠。

车笠订交非区区，尺布诗稿留吾庐。
春花秋月时与俱，高歌独探骊龙珠。
棹船撑放莲子湖，醉剥菱芡穿芦蒲。
掀髯大笑倾樽壶，长鲸吸海惭不如。
草草饮饯登长途，旗亭老柳秋蝉疏。
感慨悲歌古为徒，雄山杰岭穷幽都。
捶琴刻烛兴不孤，何异大海罗珊瑚。
辽西风物停鞭初，杳矣南雁沉双鱼。
惊风坠雨情不殊，十载聚散如朝晡。
今我渐觉形容枯，朔雪容易欺头颅。
贫贱岂合尘埃污，争令局外相揶揄。
故山槲叶森千株，衰朽应计田园芜。
果学田畴老徐无，绣水鱼稻真良图。

夜坐

老树栖禽定，空阶落叶繁。
荷枯池浸月，风横竹敲门。
未入庄生梦，难招楚客魂。
夜深凉彻骨，独借一杯温。

中秋月蚀

把酒仰天问明月，何事瑶蟾忽圆缺。
清光今已到十分，九万里间照成雪。
一年一次度中秋，或泛洲渚登高楼。
聆否霓裳羽衣曲，杯盘喧歌群咨游。
信乎行乐天亦妒，吴郎怯弱金蟆怒。
桂树摧折楼宇倾，弹指纤阿没寻处。
风凄露白夜如何，坐看凉汉生白波。
眼前习见乃如此，怪底人间别离多。
依柱向空书咄咄，玉管琼箫寂不发。
妒罗妙鬟亦减兴，况复煤炱障天阙。
嗟乎！
人生得意无几时，萧萧鬓毛半已衰。
无事更烦鸬鹚杓，为醒为醉总支离。

獭河道上

谁与寻吟者，苍茫野店秋。

风声过树尽，水影上堤流。
自领烟霞趣，行逢草木俦。
名山临副岳，得仿向平游。

乍晴

谁拦吟风弄月权，新秋景物雨余鲜。
酒间未合行军政，静里无妨续佛缘。
返照琉璃初破水，登楼瑇瑁忽成天。
佳游总不冲升去，奚取腰间十万缠。

赠何柳溪

几闻龙剑匣中鸣，肝胆逢君酒共倾。
身后方千犹拜爵，榜头罗隐竟无名。
尘埃莫更攒眉语，霜雪空多夹鬓生。
试看锦湖秋色里，闲歌人鼓钓船行。

静居

静处堪栖托，无劳更卜居。
山云时出境，野水渐生鱼。
留客尝新果，推窗理旧书。
楼头舒远望，多在夕阳余。

愁闺怨

团扇今朝却，穿针几日停。
房栊灯火暗，闲坐数流萤。
络纬空催织，何心问女牛。
画楼帘不卷，几度月如钩。

早秋夜起即景

大火西流序又更，夜深余暑谢檐楹。
月沉烟树都无色，风定银河似有声。

终不凡庸惟醉格，最难邀取是荣名。
五城十二楼何在，输却神仙住玉京。

祝晴

淫霪三日犹不止，平地四尺五尺水；
可有长彗扫云霾，老巫卜晴妄言耳。
神龙踊跃初来时，百谷草木皆含滋；
功成身退料应尔，稽留不归无乃痴。
望岁奚殊望父母，如此釜甑将安施；
况乎幸灾有异种，蛙蛭跳踯人嗟咨。
稽首龙君勿多戏，妇孺人间万行泪；
盍去深深潭底睡，放我婆娑日酣醉。

呈李海门先生

襟怀不借酒杯宽，秋雨重逢鬓已残。
万事东风吹马耳，一身余累却猪肝。
乾坤博趣随庄惠，文字倾心在柳韩。
早谢浮名真上策，蔽樗惭我误儒冠。

严陵垂钓图

巢许千秋迹傥同，钓竿一掷万缘空。
高风果有师承在，故尉神仙是妇翁。

登楼

推枕眠方觉，登楼思最闲。
殷雷残夕雨，长霓络群山。
烟景荡空杳，野禽相往还。
颓唐更呼酌，莫使酒肠孱。

捕狼行

赤轮走天爆天火，霹雳天狼太空堕。
化作山中当路君，重圈有门不能锁。
杂迹魑魅群貜貐，渐由林谷来田阡。
人家小儿充饥口，惨有余剩饱乌鸢。

合爪人立作人哭，猎师弓弩不敢逐。
贪戾践藉狐兔走，草树冥冥绝樵牧。
嗥啸南山白额虎，阳羡壮士彰厥武。
世间射生岂乏人，龙皮可扇鼍可鼓。
项袋充盈惟所求，跋胡疐尾实所忧。
旦或戕汝胁，暮或歼汝头；
柴火燎汝穴，豺狈绝汝俦。
膏不煎和皮不裘，免使殃害人间留。
长戈利刃终有用，嗟哉不遇王荆州。

题袁玉堂明府葡萄短幅

秋雨荷花酒共携，可堪回首鹊桥西。
披图正有人琴感，手摸龙虬带醉题。

月夜书兴

何来秋意味，晚吹雨余清。
庭阔虫分响，云移月倒行。
啜醴从笑傲，买夏几阴晴。

早有池荷放，招凉待友生。

胡山后游

昨日登山笠屐共，今日登山瓶榼提。
我辈情差辄尔尔，不忧足茧穷攀跻。
幽禽交翅如迓客，恰恰飞上高枝啼。
爽飒岩风度清磬，寺门剥啄惊犊麑。
松影铺阶壁苔厚，条藤蔓葛缠荒蹊。
陟若乘屋下入瓮，压胆穿穴持明犀。
贾勇更欲凌绝顶，谁信天路无层梯。
嫩云石罅生缕缕，渐由叆叇成昏翳。
四顾迷茫众山失，雷公电母相招携。
雨龙婆娑潭底出，冲突岩壑翻鲸鲵。
鬼怪奔号鹿豕走，无敢移踵愁颠挤。
信乎佳游天见妒，不令世俗穷远睼。
偃蹇我亦山中人，醒歌醉睡欣游栖。
海若不拒髯苏请，正值感应通昌黎。
古人作事不可见，情钟今昔无乖睽。
毕蹶箕张一弹指，五色峦角弯虹霓。
树杪重泉聒双耳，赤日斜挂飞鸟西。

碧天寥廓无纤翳，眼舒泰岱通青齐。
乃知山灵为我德，助欢弄转乾坤倪。
既酹一杯复大笑，排置箫管开金樽。
人生乐事恐难再，数作吟啸追孙嵇。

张砺堂幽居

松篁幽槛侧，几榻小楼前。
无地寻生佛，呼君作散仙。
于诗只寄耳，不醉亦陶然。
六逸兼三隐，高名若个传。

大风雨

霄宇阗阗击天鼓，知有龙君夜行雨。
顷闻万马空中嘶，饥鳄惊鲅瘦蛟舞。
瞥然林木风吼鸣，屋瓦震撼愁颓倾。
直使老农尽慑伏，但愿不雨翻愿晴。
乍喜龙君拯焦涸，飞廉作怒咨挥霍。
一为膏润一暴残，造物谁与区善恶。

君不见：
乖龙潜匿檐楹间，天上丰隆捕不着。

览镜

休文瘦削漫相惊，也得容颜借酒赪。
白发欺人偏太甚，霜根直是隔宵生。

晚途

笑言曾共老农温，原野秋高染霁痕。
飞鸟没边云压岭，碧溪折处柳围村。
捕鱼人挂玲珑网，持钵僧归叫寮门。
马上徐吟无迅策，一天星宿耿黄昏。

答何兰溪

短檠无客话，尺鲤有书传。
羞我混屠约，爱君兼佛仙。

春花朝命酒，秋雨夜听泉。
更待寒梅发，应牵访戴船。

晚眺

桥畔独延伫，村醪余半醺。
烟痕晴涨野，日气晚烧云。
风挟河声壮，星悬汉影分。
渔樵尽归去，林远梵钟闻。

冬夜偶成

寂历斋门带月封，一樽闲酌绿醅醲。
山僧怕我宵吟倦，每到临眠便打钟。

除夕作

煖热家家夜火然，峥嵘岁事一身偏。
剪灯聊共羸妻话，只说儿时盼度年。

卷二

明水

世事非吾意，暂寄烟波间。
荷花半开落，鸥鹭相往还。
路随流水折，心共白云闲。
日斜不归去，枕石听潺湲。

对酒有感

日车不暂驻，卅载梦中过。
性僻逢迎少，诗成感慨多。
世尘空碌碌，黑发尚鬖鬖。
太息刘伶去，孤怀竟若何！

清明

帘开晴阁燕留睇，蝶拍回栏风有情。
半日笙歌数樽酒，丁香花下过清明。

月夜

皓月天心行，天净月无迹。
安得素心人，啸咏共此夕。

女郎山晚眺

松作涛声撼寺门，苍茫野色近黄昏。
千重碧嶂分诸县，万里寒云下四垠。
林木遥传仙梵响，楼台乱入晚烟痕。
燕关北望知何处，萧飒西风酒一樽。

瓶花

一枝红欲放，香起砚池波。
不必怨幽寂，帘前风雨多。

月下作

镜匣开天阙，清辉淡欲流。
空凉微在水，小院静于秋。
诗到青莲杓，人登庾亮楼。
古今同一照，争得不昂头。

过长城诸岭

村远道弥恶，天低日易昏。
路通齐界险，山揖汶阳尊。
人马盘龙背，云雷出涧门。
莫言经折坂，即此已惊魂。

秋海棠

檀心薄晕额边黄，淡冶居然世外妆。
血缕红抛三径雨，脂痕凉怯五更霜。
多情蝶拍层层槛，瘦骨风惊小小娘。
石罅玲珑秋欲悴，也应含睇忆家乡。

夜行

归路策青驴，驴伴苦吟客。
村远无人声，茫茫江月白。

归途

匹马单衫剩酒痕，夕阳烟树过村村。
行踪未许伤寥落，一路蝉声送到门。

西园同成石轩作

水边老屋竹边亭，野院深深恰午晴。
蝶影日翻虚槛活，花香风递小帘轻。
石兄应下折腰拜，诗将谁夸叉手成。
馋口乍逢新酿熟，与君领取瓮头清。

过小荆山

昨日携酒小荆来，桃花李花参差开。
今日驱马小荆路，沿岸垂杨已飞絮。
系马独登山上楼，暝色苍茫怯回头。
眼底几曲绣江水，呜咽年年西北流。

郊望

雨气连郊重，苍茫物态殊。
云低山色暗，风紧浪花粗。

侣燕随高下，烟村望有无。
倪黄何处所，樽酒待相呼。

闺怨

门前桃李花，春风倚帘箔。
年年见花开，岁岁见花落。

锦水闲人幽居

落花隐柴门，流水清几曲。
不见咏诗人，琴声出竹绿。

秋夜

短烛烧长夜，凉天雨乍收。
帘疏风入座，云卷月当楼。
旅雁初惊梦，寒蛩独泣秋。
欧阳曾有赋，清韵竟谁酬。

湖上有感

诗社风流久寂寥，客来无处不魂销。
数株烟柳秋如此，忍向残阳问板桥。

独步

云影萧疏澹碧空，抒怀独步小楼东。
阶侵石发连朝雨，门掩槐花彻夜风。
粉蝶无情飞款款，乌衣有主去匆匆。
更看墙外半轮月，来照帘前三尺桐。

夜坐

玉露涓涓下，银河澹澹横。
倚栏待明月，老树起秋声。

秋郊送李东溟

秋色送君去，寒烟入古城。
西风两行柳，为系别离情。
山与白云接，人穿黄叶行。
不堪重听处，孤雁一声声。

同李东溟李仙舲再登西园小楼

雨余联袂共登楼，潇洒争堪续旧游。
霁色乍穷千里目，砧声重捣万家秋。
句中风物晁鸡肋，笔底云山顾虎头。
荣辱不须问蓍蔡，樽瓢应逐谢陶流。

游西佛峪

古刹排层峦，爽气结昏昼。
来往闲云间，峭石如人瘦。

劲风岩际来，松韵杂檐溜。
趺坐苍碧中，凉意逼衣透。

长句柬李东溟

白头诗客双鞨靸，肩囊袖橐来吾家。
吾家小室额名斗，藜床抱膝如盘蜗。
频促孱童贳村酒，细述契阔倾大盉。
侧闻佳话清沁骨，背痒如得仙爪爬。
石径披蕉午阴厚，荻帘卷月西风斜。
云林以外尽炎热，王羊奇靡纷争夸。
华盖掩映金翡翠，珠络宝马矜鞲靫。
入门广厦列钟鼎，绮筵时听歌鼓挝。
丰颊曲眉竞妍媚，珥珰粉立双髻丫。
煌煌竹帛不知计，酣豢自纵铜山镲。
欣然赫奕压人世，岂料局外相揄揶。
我得邀君青眼识，陈雷孰与毫厘差。
消却痌疾知多少，诗律口业分些些。
良图今决疏广义，旷怀君羡姚俊瓜。
半日晤言消千载，直从万古寻羲娲。
长缨素褐非一例，敢以骥騄轻麇麚。

春草

回首瀛洲路渐赊，斜阳春色又天涯。
暖烟古道侵游屐，细雨回塘点落花。
南浦青葱偏送远，王孙惆怅不归家。
年年识得东风面，总使离人感岁华。

古剑篇

欧冶神技绝千古，山为裂石溪暴土。
炉炭点血鼓惊夔，驱遣蛟龙召雷雨。
开匣跃出心胆寒，血痕拂拭纷烂斑。
敛锷藏锋几千载，未识何日离重泉。
鹏鹈新淬光溢水，余腥漠漠土花紫。
愤激谁泣卫荆卿，神英合归赤帝子。
五夜月黑风飕飗，魍魉窜匿魑魅愁。
慎勿持去边城地，髑髅环泣声啾啾。

促织

王孙也作不平鸣，风露娟娟月色清。
如为幽人传太息，好凭微语助秋声。
天涯游子惊霜杵，蓬室残机冷夜檠。
踯躅莫存争斗志，边关昨日始还兵。

即事

小楼东畔曲塘西，草缕茸茸石发齐。
一抹层栏香不断，枣花风里听黄鹂。

七夕有感

银汉无烦问女牛，潇潇疏雨晚来收。
清砧谁捣关山月，凉夜风添络纬秋。
万里烽烟惊剑外，几人征戍怨刀头。
双星空有青天约，那与人间少妇愁。

月下作

烽火连营逼岁阑，征人万里去长安。
今宵月晕犹振触，马上闺中一例看。

春闺

前日送郎行，飞絮逐征骑。
今日盼郎归，落花红满地。
只为吹愁来，不为吹愁去。
习习户外风，于人何无意。
梁上双栖燕，飞语还接翅。
相视无一言，空房掩珠泪。

登西园平台

茫茫天意果谁猜，萧飒西风上古台。
斜日半竿依树没，青山万马向人来。

叔千落寞非关命，文信经营岂是才。
身后声名杯在掌，莫将散劫问秦灰。

野步

步履西复东，缓吟时小住。
野岸夕阳红，人语隔烟树。

暮春野望怀马子琴

太息春将去，野游方在今。
湖山空有梦，风雨总关心。
落絮随流水，斜阳没远林。
故交成阔别，谁共短长吟。

过古鄚城

夹岸垂杨送客程，布帆远叠晓烟轻。
诗怀那复伤寥落，已见燕山抗手迎。

涿州晓发

整顿轻装酒乍醺，野泥留得马蹄痕。
千家烟霭浮双塔，万里康庄束一门。
水色平连沙岸阔，山形远拱帝城尊。
吟怀自此添悲壮，忆过雄关十二墩。

宿雄县

忽见天边月，权看刀上环。
劳劳千里客，今夜宿雄关。

德州河上晚步

郭外停骖处，乘闲步岸头。
星光寒在水，篷火夜移舟。
路达湖湘远，财兼粟米收。
国租原有制，应免重征忧。

南园春暮

待客锄新径，摊书扫短床。
树摇风有影，花落水生香。
小槛人空立，晴天燕自忙。
春光知几许，还问冶游郎。

柳絮

漫道云霄路易通，依稀柔影飏空蒙。
潆回故恋飞花地，冷落偏当夕照中。
底事王孙怜薄命，忍闻羌笛怨东风。
丰姿旧识春光好，一过春光便不同。

东君鼓铸忆前缘，袅袅青丝远带烟。
无那飘零随逝水，可堪摇落感流年。
时萦客鬓愁侵雪，便制征衣不当绵。
休说谢家诗句好，避风台畔暗回旋。

澡盆

虞帝有后封新城，陶为厥氏涤厥名。
南方祝融作同列，职司从古权三庚。
一为诛求一膏润，仁暴奚殊刘与嬴。
抱甄注瓶见虚受，安论濯足与濯缨。
近日炎风肆飘荡，四大烜赫如烦蒸。
冰山寒溪无觅处，解襟一试神颇清。
商盘周铭竟安在，泾清渭浊无真评。
狼贪狐媚争走热，势如地轴东南倾。
大寰尘土千万丈，污入洁出推谁能。
碧天寥廓浮云轻，举首皓月空中明。
铜盘五石未云足，愿去东海骑长鲸。

雨霁野步

几日槐花雨，微风送夕凉。
山光落遥野，林影卧斜阳。
小住农延坐，高吟自笑狂。

道逢人共语，大半得丰穰。

暑夜早起

遽尔违孤枕，乘凉坐小池。
夜随残月尽，秋到闰年迟。
把酒思良友，依栏改旧诗。
不烦醒鸟唤，绥我已多时。

登大荆山

秋山一角入斜阳，携客寻幽到上方。
近郭村庄晴历历，连天烟树远苍苍。
帘开香篆浮金刹，风涌松涛泼酒觞。
贪看城南峦嶂好，不知身已在云乡。

闻蛩

月明庭院深复深，中有秋虫环我吟。

千声万声不能息，一声声入愁人心。
愁心脉脉起何处，寻思无计驱之去。
徘徊坐卧知者谁，昏昏月没西山树。

雪蓑子石刻

仓颉后飞龙氏而制字。龙为潜匿，鬼夜号。神通三十六，天之上下，篆籀其子孙，草法其裔苗，王孔苏张各臻极。雪蓑仙者，笔妙空人豪。

当年振发来此地，定有盘虬舞云韶。
啸傲天地为震动，作书镌石巉堂坳。
老松劲铁供笔力，风驰雨骤蛇尾摇。
逸客旁观意飞动，摎曲浪夸金错刀。
羽衣一去三百载，恨无题跋如牛腰。
屹然庭隅象人立，幽阴鬼魅惊奔逃。
忆昨雷电中宵起，势如长鲸驾海翻波涛。
竹竿抢地木枝折，飞砂走石相击掊。
疑是仙人骑龙重至此，摸索抝呵，令人不敢摧秋毫。
摩诘昔为岐王画大石，罘罳风雨神下撩。
世间珍异不知贵，安知不为雷公挟取嵌峻峤。
剜苔剔藓摩周遭，依然形状盘螭蛟。

伸眉一笑向神语，好古嗜奇属吾曹。
况乎吟舌书腕两奇绝，价视隋珠荆玉当更高。
仙都神阙应题遍，不得乘鹤寻览首徒搔。
暇日移床傍石坐，料理杯斝持江螯。
太息仙人不可见，松萝偃蹇风飕飕。

重阳前一日

一径西风冷，园林倚落晖。
古苔经雨厚，秋橘得霜肥。
曲罢听鸿雁，花开望白衣。
领将闲趣味，那惜世情违。

冬日过袁玉堂明府故居

盛名坎壈今古同，无从搔首探苍穹。
桃园诗叟天下士，有才不遇词偏工。
风沙万里侵傲骨，谁知红袖哀龙钟。
葡萄千幅金百万，生枝摎曲挐蛟龙。
香山雅度今未远，誉闻久与鸡林通。

诗工画妙各臻极，何论人厄还天穷。
当时我得奉谈笑，譬廓云雾瞻青空。
已欣识韩期御李，弃绝人世何匆匆。
天上神仙无不读，琅嬛使者相追从。
金真紫字搜奥秘，大文辉烂齐鸿蒙。
顾我褦襶尚尘土，意绪空伤如乱蓬。
于陵吟客应好在[①]，犹如鸿影分西东。
潦倒复来旧游地，树枯水冷悲穷冬。
酒床茗椀竟安在，晚烟漠漠鸣寒风。

①注："于陵吟客"谓马子琴。

岁暮历下怀人绝句[②]

问柳寻花事有无，亭台一半雪模糊。
桥头帘影遥能认，十二年前旧酒垆。

②注：喻李杜亭。

风流当日共推袁[③]，云梦洪涛气欲吞。
一自楼中乘鹤去，不堪重问武陵源。

③注：喻袁玉堂。

颓唐傲兀意如何，朗咏中年鬓欲皤。

咫尺云山千里隔，无缘方丈拜维摩[①]。

①注：喻马子琴。

杂感

鲤鱼化龙飞，蜗牛粘壁死。
青蝇出藩间，附骥走千里。
物生天地中，各舍穷通理。
独有冥际鸿，冲风去天咫。
既无矰罗患，复无尘垢耻。
彼乃游其天，高骞竞谁使。

玄蝉出污土，飞上林间鸣。
无食但有饮，泫然秋露清。
笑彼蛣蜣智，犹转粪丸行。
洁饥与秽饱，彼此无相营。
物也贵善变，舍败论其成。
如何戾云雀，入水为蚌蛏。

獭河决　丙申六月十五日

獭河堰，高矗矗，三里湾，五里曲，
沿岸人家如蜂簇。
云覆南山风不能逐，雷车奔驰电光闪倏。
村人聚观神速速，持火鸣钟不敢宿。
夜半声如龙虎哮，高浪已过小家屋。

习静

蜗庐镇萧索，俯仰谋息机。
飒然山雨过，凉意生轩帏。
蝉噪林光净，水澄荷气微。
径苔少人迹，带日扃双扉。
砚函偕书帙，膝前两依依。
旧业聊复尔，何惜尘事违。

白菊

霜压人家白板扉，离离疏影淡秋晖。
题名不借黄金重，陶令归来是素衣。

月下看白菊

移根应自雪山来，晚向通明殿里开。
玉杵和霜初捣罢，西风吹落小银台。

村外绝句

寒鸦数尽数征鸿，霎霎林间落帽风。
酒帜高悬人影散，乱山秋色夕阳中。

即目

炊烟作缕村村出，旅雁排天个个轻。
一径疏风樵唱发，满山黄叶酒人行。

读《汉纪》

项刘旗鼓各争锋，豪杰櫜鞬数骑从。
未必范增逊樊哙，纳言亭长是真龙。

白皙征和社稷臣，黄门图画讵无音。
椒房竟构家宗祸，深识应推外国人。

挂冠攀槛著名尊，节义难将去就论。
若使佞臣头可断，南昌终有谏官存。

龟纹鼎角一名儒，凌轹扶风绝代无。
可惜才华同陷祸，千秋人忆董江都。

十万荆襄也自安，狂才仍着正平难。
剪屠至假他人手，诡谲还应甚阿瞒。

布裙白帽老辽东，遁迹田畴出处同。
千载首阳能尚友，姓名误列魏书中。

闲中作

未发舟车兴，茅亭放笋鞋。
不辞中散醉，漫作太常斋。
山翠浓于染，池光净似揩。
新凉无个事，闲挂写诗牌。

同李海门先生游明水宿康氏漪清园①

客思添秋雨，凉宵梦不成。
泉声清醉榻，花影乱吟檠。
池馆应夸习，风流未识荆。
他年容借隐，还御虎头行。

①注：赵西园借读康氏园亭时值他往。

龙山道中

斜日送吟客，归鞍未暂停。
烟凝山色淡，草发烧痕青。
破衲归僧寺，残花落驿亭。
尘颜那可烛，桥下水泠泠。

柬成石轩

平章花事不支吾，自别东君兴又孤。
竹笋满畦新雨足，可容重到步兵厨。

途次鸭儿王口

午风吹短笠，暑气雨余收。
山远迷空翠，桥平下稳流。
鸡声隔邻答，树影卫村稠。
暂可谋休息，田家已饭牛。

夏日幽居

林园半亩着身宽，白苎衫轻当绮纨。
闲有生涯惟啸咏，喜从云物寄游观。
晓风过树鸟声闹，红日上窗花露干。
好倩朱弦消昼永，竹阴深处对床弹。

古镜

金沙负局旧曾磨，铣涩依然结面多。
不见六宫人已久，寒光忍复照双蛾。

复望雨

勺水不消夸父渴，尺泽难灭炎山熇。
天若有情当下顾，昨日沾湿今日焦。
休云人苦不知足，陇尚未得敢望蜀？
大瀛海波宽且深，争奈元冥惜珠玉。

赫灼还复腾火精，何时玉虎能再鸣？
鳝鲔垂头蛙蛭死，吾其与问丹渊灵。

怀李杜亭

梦里谈欢也有情，那堪嘤鸟坐来听。
十年踪迹天飞电，千里音书井落瓶。
傲骨应侵边吹老，闲云空锁县山青。
人生聚散果关数，风雨孤窗把绿醽。

六月六日水　戊戌

绣江注干獭水艮，曲折潆洄俱平近。
一夜天瓢浇万山，飞瀑悬流下千仞。
沸腾不受岸约束，排豗如听巨雷喷。
冯夷作势相并吞，一样冲飚惊激迅。
左冲右突无回澜，瞥眼良田成巨浸。
禾黍离华作荇藻，何有荆蒿共蓬菣。
西流迅急东不缓，村口喧呼缩坦板。
眼见椽木浮尸骸，坚墙复壁愁崩摧。

炬火中宵不敢宿，守畚拄锸临水隈。
璧马沉湮亦徒尔，归照铁檠空把杯。
清晨旋到大隄曲，阁阁蛙声出村屋。
远树隐隐如帆樯，大陌长阡占鳞族。
儿童弄波恣游嬉，田翁聚语群嗟咨。
才离赫阳免焦死，所忧旱涝同阻饥。
呜呼！
河伯不忍乃尔尔，倏驾飞涛走百里。
水之所经尚如此，水之下游可知矣。
蛟龙奋舞鱼鳖喜，争使人间绝耘耔。
平地何堪作洲沚，胡不东归入海水！

白莲

耽吟鲁望旧垂情，雨洒陂塘秋水清。
宛着却尘衣一袭，错教人唤薛瑶英。

幽事

林疏蝉歇响，野院寂无喧。

帘揭风先入，池添水半浑。
移花捎菊婢，书叶惜桐孙。
卷帙须重检，如今眼未昏。

读史杂感

荆公文行高，矫诬后人议。
钦明通五经，乃作八风戏。
治术资坟典，岂为坟典累。
因知立人朝，品识真要事。
汲黯不知学，史称社稷器。

秋闺怨

不织鸳鸯绮，残妆独倚楼。
西风梧叶落，又近捣衣秋。

秋霁

川原益鲜洁，林木复休整。
野阔天无风，凉云散秋影。

丐者

西村有跛丐，栖栖靡所主。
上有垂老亲，白发兼聋瞽。
丐者负之行，哀号倚门户。
遇人辄膝地，糜饭丐余釜。
老母忍饥饿，历朝已过午。
况值霜风冽，更增肌肤苦。
冻馁身能受，忍令母心怃。
村人悉感叹，食余肯靳予。
妇女亦垂怜，相与投碎缕。
负母坐宽闲，手持供嚼咀。
破毡和败絮，勤勤密为补。
老姥饱且燠，亦自笑嚒嚒。

丐者跃其旁，踏足作歌舞。
幼不餍粱肉，长不识绮组。
但免母饥寒，此外复何取。
屡见冠盖场，肥醲置樽俎。
禄食千里外，高堂泣贫窭。
欢笑重房帷，深恩忘鞠抚。
而不识诗书，几与黄香伍。
行者自车马，居者自园圃。
独有失恃人，相看泪如雨！

游女郎山

聚落开晴色，楼台倚夕曛。
苔荒人迹断，风静佛香闻。
偶结林中社，多招世外群。
还期同载酒，踏破万山云。

我爱村居好

我爱村居好，氛埃免叫嚣。

山岚青压屋，溪水绿平桥。
寻友时鞭蹇，搜诗每挂瓢。
烟霞分占处，闲话狎渔樵。

我爱村居好，春光着物妍。
巷门插杨柳，园树架秋千。
嫩绿看挑菜，新晴课种田。
踏青人半熟，多遇古城边。

我爱村居好，凉棚小院张。
绤裁衫子白，庭晒茧儿黄。
市贩蒲编扇，盆盂艾泻汤。
榴花猩血染，栏槛照行觞。

我爱村居好，池塘结冻初。
红炉烧兽炭，深室勘龟书。
鸦噤风鸣树，灯荧雪压庐。
解车慵问字，杯酿过冬余。

我爱村居好，乡邻俗旧谙。
酕醄神自醉，腊粥婢分甘。
颇喜事能省，谁知春已含。

呼童束藁草，相与照田蚕。

止张敬彝旧读书处

辍弦今五载，复踏故人门。
菊影疏篱卧，松阴古径昏。
疏金称里巷，邺架泽儿孙。
日晚容辞去，庭轩强把樽。

江村写兴同李海门先生

才搁登山屐，郊游兴复牵。
沙痕消宿涨，鸟影过平田。
向野门常闭，当风树尽偏。
小诗多漏景，画笔仗黄筌。

秋郊闲步忆何柳溪

谁偕成大隐，秋陌独留连。

野涧鸭盘阵，江空水浸天。
风偏生耳后，山尽列眸前。
近日狂歌客，应书百韵笺。

闲意

小睡欹虚枕，闲吟啜嫩茶。
僮攀先熟果，婢摘半开花。
石发庭阴厚，柳丝风际斜。
签题书万轴，心羡邺侯家。

秋夜溪园集饮

松竹闭柴扃，婆娑客眼青。
张灯鼯鼠窜，擪笛老鱼听。
短帻凌风榭，清樽可月亭。
不须忧瓠落，与读漆园经。

晚坐

宿鸟归飞烟景昏，村沽频唤老奴温。
吟怀了矣无人访，凉月一庭深闭门。

客夜

解榻何年事，频瞻五岳图。
秋声群木合，客思一灯孤。
果有轩裳志，空怀管鲍徒。
无从动吟兴，明月挂庭隅。

同李珠垣边仲朴纳凉西园分韵得金字

快意松风为解襟，乱蝉缫断夕阳沉。
黄瓟也是清凉剂，总愧延陵道上金。

谈及袁玉堂出成事仍用金字韵

万里风沙助客吟，香山声价播鸡林。
年来空有人琴感，须办才江铸贾金。

闲感

百年踪迹等蜉蝣，海外空闻更九州。
天上蚁封看五岳，人间曲瓮作丹丘。
荣枯草木元无识，今古江河不尽流。
一样园亭名各取，劳劳未必胜休休。

新室落成招友人集饮其中因赋长句

生不能纡青拖紫庙堂上，封功赐第取卿相；
复不能横戈跃马扫烟氛，高幢大纛列门闶。
乡曲潦倒三十年，榆枋鸴鸠无殊状。
屠狗侩牛几混迹，未免拘儒笑疏放。

旧住白云湖上村，族处衡宇纷相望。
田园井臼皆先贻，别院墙屋有新创。
不施雕刻涂漆髹，僻如壑谷大如舫。
列城富室多豪举，画檐绮疏矜时尚。
我窘于财谋复拙，无心观美甘逊让。
闻道仙人居洞天，银台贝阙倚虚旷。
旌阳拔宅非眼见，书难尽信将无诳。
便说人世有丹丘，挂席名山末由访。
昨持鸡酒谢丁匠，垣角双株绿无恙。
木床苇席略排置，密莳花竹作屏幛。
架有签轴廪有稻，冬可潜读春可酿。
金谷铜台久荒土，权贵豪华焉足仗。
檀楹文础谁为堂，王郭主客俱沦丧。
乐事在心不在境，胸无畦町自悠畅。
君不见：
杜陵屋茅风卷飏，布衾铁冷亦何妨？
甫也高怀果谁抗，罢盏投毫发清唱！

山寺

松岭叩禅扉，支公认又非。

风摇檐铎语，云载雨龙归。
尘外元无热，人间正策肥。
吟身今槁瘦，拟着薜萝衣。

田间

秋霖复下尺，残云向空卷。
木稷遮远村，水浑岸泥软。
田父携稚来，优游半袒跣。
几日胼胝劳，稂秀已全翦。
未及充稃京，早闻谷价减。
输供欣有年，岂愿暂蠲免。
牧刍课牛犊，辛勤到鸡犬。
好风生夕凉，疏襟一披展。
谁答田间歌，野性良不浅。
我归语家人，吾乐在疆畎。

秋晚

山气沉沉日欲晡，寒鸦乱点野云孤。

倾囊不惜扶头醉，黄叶村边旧酒垆。

赵南泉画

博山画手屠侩流，破产拟作逍遥游。
踏穿双履披白搭，托寓未肯轻相投。
谐言狂论少局促，落落绝无尘世忧。
游戏丹青自娱悦，兴至握管烟云愁。
乾端坤倪供意匠，江山万里罗双眸。
智妙时时出新意，疏木小厂皆清幽。
罘罳高揭维也石，龙君夜挟雷雨搜。
画师画禅无辈出，艺苑秘惜同琳球。
目想心仪几何载，岂尽古今难比侔。
价高价低共谁问，林泉骄侈分等俦。
笑我夙具烟霞癖，合结麋鹿随凫鸥。
因君貌我崖谷里，静领佳趣吟清秋。
多恐埃壒污头面，老去烦恼山灵羞。
生绡八尺留妙迹，挂壁应买珊瑚钩。
抱病宗郎尚有榻，欣从十笏穷九州。
爱护更须藏箧笥，免令人涴寒具油。

反游仙

信否壶公隘九州，名山多引向平游。
桃园也是人间世，谁造神霄十二楼。

白玉楼成上帝居，王孙遗事半荒虚。
丹文绿字琅环洞，争道仙家不废书。

闻说旌阳拔宅飞，云车风马见终稀。
籛铿只向尘寰住，宝诀长生在息机。

伊谁绝粒觅丹丘，凤髓龙肝莫漫求。
东老贫家醺白堕，何妨一睡一千秋。

雨夜有感

燃烛秋宵梦不成，天瓢骤送枕边声。
波翻大壑群龙舞，风急严关万马行。
宝匣空惊飞紫电，杯醪谁与泛乌程。

还期并挽银河水，远向东南洗甲兵。

题画杂作

古刹排层峦，涧谷开豁闁。
日暮山风生，松涛撼檐瓦。

山晴无片云，泉声出林栌。
何待猿鸟呼，幽人自来去。

携策过小桥，雨歇山欲暝。
水村寂无人，林根泊渔艇。

古屋枕幽苔，秋声飒高树。
看山新兴浓，枯筇引徐步。

雨意含空蒙，滟滟春溪长。
峭帆回远村，时闻放篙响。

冬晓

晓日红到窗，疏烟散林缬。
翜然山鸟来，踏落枝头雪。

岁暮登城有感

一上层城已黯然，朔风吹老岁寒天。
云阴遥接山南界，雪色深封县北田。
叩角功名余白石，乐盘台榭剩荒烟。
销沉往事休重问，免使孱夫涕泪涟。

山馆雨后

园林鸣雨过，地爽镇幽栖。
驱蠹翻残帙，移花补空畦。
竹穿新水活，檐宿湿云低。
爱领烟霞趣，晴郊踏软泥。

野步

万叠秋山迥，西风送落晖。
村烟人语乱，溪雨涨痕肥。
小憩披丰草，徐吟出碧围。
隔林响牛铎，拟逐牧童归。

感兴

西塞有钓蓑，孤山畜鹤子。
岂尽逃世艰，所性乃如此。
尧舜固圣神，畸人尚洗耳！

七夕

天孙河汉本无情，若果有情离绪萦。
何意尚关尘俗事，穿针儿女太痴生。

楼上

林影参差落照低，乱山晴色架虹霓。
三层楼上披襟坐，快受凉风不下梯。

秋夜

秋河绝纤翳，短榻傍轩楹。
林气晴犹湿，荷香晚更清。
细风过竹响，孤月照虫鸣。
旧咏须重改，凉应枕上生。

读《晞发集》

心醉西台恸哭时，哀吟长系梦中思。
何期展拜元英后，千古严陵共一祠。

败荷

尘埃从无一点飞，西风依旧水成围。
应知净业今修到，齐着西天壤色衣。

寂处

幽间寻丈地，尘事暂应捐。
风过凉于水，斋居静若禅。
纸窗何碍破，铁砚果能穿。
煮字消时序，多留种秫田。

过张介庵别墅留饮

衡门栖隐计何良，弹指离群已六霜。
墙壁仍悬栽竹锸，松蕉深护理琴床。
少时寻乐君常共，醉后倾谈我更狂。
儿女他年婚嫁毕，相期把臂白云乡。

雨中感怀

风雨酸寒瘦不禁，荧荧灯火抱孤衾。
轻身得避留侯谷，薄产何须季子金。
从马牛风看富贵，于乌兔影感升沉。
疏慵肯使头衔转，聊和窗前木叶吟。

田间偶占

一棚残照接茅庐，三尺黄瓟蜜不如。
老圃自修姚俊业，东陵曾否有传书。

雨霁闲眺

颓云没山脊，爽气触襟生。
径曲穿林过，泥多踏草行。
余霞停野色，流水答歌声。
归去池亭上，趺跏待月明。

初秋漫咏

画意谁寻顾野王，白云湖上旧村庄。
依然积水添秋雨，多少寒蝉送夕阳。
笔砚空陈容久废，田园虽懒未全荒。
仙人偏向神山住，游览曾无渡海囊。

醉中长歌

天胡为生秫与黍，婆娑合逐神仙侣。
天胡为有风与月，形骸应放山水窟。
蜗角蝇头竞名利，谁共尘埃论醒醉。
耳声目色无尽藏，惜哉未与聋盲异。
刘伶神誓元非痴，武昌老子哦新诗。
呼牛呼马听之耳，取相取侯安可期。
三万六千去如瞥，黄金愁拭伯劳血。
曲生把笑真良图，侑以春葩照冬雪。
天吾宇兮盆吾瓯，陶然一枕鸿蒙游。
热客作意横白眼，未识谁鹏谁鸴鸠。

不寐有感

百尺谁牵系日绳，颓唐愁说岁年增。
醉中情抱应追侠，静里因缘合问僧。
野水鸣蛙争跁踦，秋风俊鹘任飞腾。
天涯旧雨无消息，古壁空悬照睡灯。

登楼

百里山光一望收，翛然快意此登楼。
晴开远野浓宜画，风转遥天爽似秋。
罍斝谁辞太白醉，乡关免起仲宣愁。
丹丘半在人间世，何事旌阳拔宅游。

夜坐书事

晚榻空阶底，离愁奈夜何？
风停闻水远，月落见星多。

抱病仍耽饮，驱愁不废哦。
敲钟人未定，心迹问头陀。

夏夜

脱稿留寻一字师，怡然樽酒上关时。
楼宜纳月开窗早，人爱招凉就枕迟。
旧曲听残风外笛，新萤流过竹间篱。
静中心赏何须讳，明日传笺到故知。

五日石榴花下作

黄王紫后俱消歇，羲鞭又洒杜鹃血。
涂林奇树何煌煌，天故教人酹佳节。

分根忆自河源来，御苑烛龙粲成列。
三千粉黛愁灼爠，定无人敢放手折。

数株红映珊瑚翘，紫府真人谁见招。
莫更薰风怨摇落，昨日朱颜今日凋。

对酒

人生不读五车书，便当学挽十石弩。
如何不文复不武，一杯醺醺守环堵。
古人饮酒必赋诗，青莲罚依金谷卮。
古人饮酒多宴客，北海座上无虚席。
即今名流犹代兴，未许湖山废搜索。
阮公痛哭胡为哉，文信溪壑非长材。
大千浩劫莫重数，董贾卫霍俱尘埃。
瓿布糟肉何须办，但愿常足十万八千杯！
人生适志胡自苦，肯使风月竟无主。
快意更待饮中仙，取次糟丘整旗鼓。

赠成石轩同家柘园

五交三衅古为羞，谁是生胶与漆投。
故友几人登鬼箓，离怀频日寄糟丘。
嵇生车驾偏寻吕，孝绪金兰并愧刘。
犹有西园旧栽竹，不随群卉早零秋。

凉风歌

春风似虎朔风刀，秋风客也悲萧骚。
炎序凉风为我德，披拂衣襟清骨毛。
披裘老樵杳难见，不用富窟龙皮扇。
长安道上炙手人，淋漓并洒尘中汗。
天亦于人何所私，水际山间取之便。
契如故人来有情，沉疴解脱身体轻。
既送好云复送雨，天籁物籁俱流声。
镂冰张锦计皆左，昼起轩窗足高卧。
梦回拟住黄竹山，肃肃门窍如许大。

七夕后一日月下作

仙桥鹊羽更谁填，耿耿银河尚界天。
却忆姮娥无匹偶，一年一十二回圆。

秋夜

秋来无十日，庭户已生凉。
月上虫争语，风疏桂有香。
幽潜都为拙，歌啸本非狂。
醉里仙乡近，何须辟谷方。

客至

一笑仍联握手欢，林塘幽处且盘桓。
久暌弥觉交情重，群饮偏逢酒量宽。
凉受竹风过古砌，坐邀山月上回栏。
君今未疗烟霞癖，钟伯琴歌许再弹。

大明湖上作

漫向西风说旧游，斜阳绘出满城秋。
谁教杨柳回青眼，却恐芦花惹白头。

归鬘云消山点点，买船人去水悠悠。
少年车笠今星散，不听阳关也自愁。

假山舒眺

远岭寒犹碧，秋花老更红。
人移林影外，鸟落水声中。
旧识音难达，浮名念已空。
尚须出家酿，早晚话邻翁。

九日集饮

一丛寒菊逗秋光，黄叶声中坐小廊。
今日相逢须痛饮，回头孤负几重阳。

卷三

即景

乱虫无绝响，晴色晚来新。
老树密藏月，孤萤飞近人。
竹风留飒爽，琴榻看横陈。
未借安期术，倏然物外身。

赵承旨画马

汉家天马来于阗，蹄间三丈羽脱弦。
斑错桃花汗流血，高价欲空中府钱。
阿谁舐笔形骏骨，前有韦曹后龙眠。
吴兴好事夸笔妙，有如唐帖临晋贤。
长尾摇动双耳卓，四马迸蹄坡陇前。
一马白色奔欲扑，咆哮如惊霹雳鞭。
或为俯龁或长饮，短草莫莫泉涓涓。

赤骝滚尘在平地，落花随身风舞旋。
黄须奚奴竟何在，未施玉络披锦鞯。
剔刻整齐岂真性，恐以人事伤天全。
意态权奇骨洞达，精神毕露秋毫颠。
开元厩马四十万，八尺以下胥弃捐。
要知龙种齐德力，一心成功自古然。
不信人间有坑谷，驰骤四极开烽烟。
裹尸还葬应尔耳，皂枥粃蒉邀谁怜。
君不见：
黑虫一闻将军死，长鸣喑哑鼻涕涟！

西园夏日

矬床碧簟午窗清，梦到华婿放脚行。
醒后方知书堕手，兴来差喜酒铛盈。
题蕉有暇频浇砚，与世无争漫理枰。
扪腹不须忧触热，凉飔多向竹间生。

怀李宝斋

好友经年别，关山叹索居。
琴樽空一榻，风雨断双鱼。
短鬓今应改，吟情定不疏。
相思千里隔，明月渺愁余。

春日集郊园

几筵歌管傍池台，恰喜群贤把臂来。
世事如今难挂口，春风有意且衔杯。
几年傲骨缘诗瘦，无数名花对客开。
怪底谪仙终日醉，梁园金谷已荒苔。

寄柳桥都中

山有兔耳水滹沱，豪士涉足增悲歌。
奇杰顿填双眼窠，拊膺定醉金叵罗。

游行不须肥马驮，几寻净室谈僧迦。
岩花湖草供吟哦，青眼把臂追羊何。
嗟我瘦骨仍蹉跎，驻景惜无挥日戈。
褦襶俱招烦恼魔，谢客扃户如蜗螺。
馋口未忘倾白醝，有句投管自笑呵。
风雨离忧黐去么，宵梦飞度桑干河。

小园春昼

老瓮余清酤，闲门无杂宾。
墙低山入户，帘静燕依人。
花事匆忙过，茅亭结搆新。
昼长成久坐，堪羡葛天民。

柬成石轩

避蠹熏书帙，笃糟涤酒螺。
花残吟渐懒，昼永睡常多。
绿雨松千盖，流泉竹一窠。
未知闭关客，清兴近如何？

即事

苔长阶前晕，花欹雨后枝。
地闲禽立稳，风软蝶飞迟。
蓄水供浇竹，依栏暗嚼诗。
更多清事在，唯有小童知。

放歌

汤池肉鼎争走热，一错空销六州铁。
不号阿堵呼家兄，严道铜山愁不倾。
从史黠狯王叔痴，左刘右吕当谁期。
遇潘掷果遇左唾，捧心勃屑嘲东施。
读书何与封侯事，道旁丰碑没一字。
鸑鷟远举枭鸱呼，秋昊冥鸿鼓双翅。
我闻神仙天上有，登山陟岭时招手。
何处玉京比金阙，但见白衣唤苍狗。
东窗跃乌西走兔，十年只向楼中住。
可有丰城截虺蛇，竟无斗升活鱼鲋。

青州从事真良俦，不忧垒块成山丘。
溟波扬尘凡三见，麻姑辞去添几筹。
嬴颠刘蹶春复秋，人世代谢同浮沤。
问天不语天悠悠，快意骑鲸东海头。

夏夜池上

庭树不作响，山月忽到地。
小立闲池旁，触襟有凉意。

途次

野人不相识，沙路策驴还。
云薄蝉缫雨，烟消树点山。
水陂童牧饱，蓑笠老渔闲。
古刹无僧住，门封夕照殷。

平台晴望

排闷常为汗漫游，闲中景物望中收。
鸟披斜照归高树，风送残云过小楼。
一带河流横界野，无边山色远宜秋。
糟丘曲垒同谁筑，逸兴先飞最上头。

千佛山小饮

万叠崇冈俯郡城，寻幽兰若景双清。
空廊僧许支砖睡，危径云随载酒行。
满壁苍苔无石色，砭人俗耳有钟声。
茫茫下瞰红尘扰，若个消闲把酒觥。

途中遇雨

骤雨风吹到，晴开顷刻间。
湿云留不住，飞过虎门山。

山寺题壁

凉烟变灭日曈昽，秋色浓边屐齿通。
绿树青山今旧雨，层台虚阁去来风。
烹茶苔槛疏泉窍，欹枕僧龛听鸟哢。
厚履峨冠人不到，心情合问祝鸡翁。

雨中独坐有感

好梦醒来失，幽禅醉后逃。
云低山气重，林近雨声高。
壮志悲长剑，离怀托素毫。
凤鸾谁得见，愁读楚人骚。

喜李海门先生至

有客跫然至，清风好试樽。
花光深院静，山影小楼昏。

判醉先支榻，留行早闭门。
不须悲老贱，幽迹许同论。

山游漫咏

琴趣僧能识，歌声鸟欲偷。
松风流夕磬，山雨入空楼。
云懒千重匝，泉香一掬收。
佳晴归路晚，含咏数回头。

答马子琴

萦萦别绪未能删，屈指离群十载间。
多病休文犹苦咏，无儿伯道亦衰颜。
笙箫夜醉花前酒，笠屐朝登雨后山。
何日维摩方丈底，与君消受一生闲。

偶兴

铎旗司马预雄图，海岳风云壮上都。
猾丑莫摇三辅险，雷辎曾转万方输。
连天波浪飞龙舰，分阃将军制虎符。
车前自应螳臂碎，洪流人饮胜醪无。

答成石轩

阮懒嵇疏鬓已华，卜居偏近野人家。
春来也复多经纪，半理糟床半种花。

夏夜书事

邀欢先漉瓮中醅，阒寂林扉暮不开。
远寺钟声风载过，短墙花影月扶来。
琴床久卧留赓曲，竹径迟行怕损胎。
明日良游应不负，奚奴早已递书回。

野望

村墟群木合，笠屐一身闲。
落日斜明水，颓云远压山。
风牵歌笛起，人卓钓竿还。
何处长安道，野尘能蔽颜。

山麓早行

高柳挂残月，归鞍离市阛。
虫声凉沸草，烟气暗沉山。
石尽驽蹄稳，风疏客影孱。
寺楼钟未动，身让老僧闲。

秋园独坐

一霎山风裂云破，无事空阶学佛坐。
岂谓白业真能修，意取烦缘不留个。

蝇头微利蜗角名，羁之泄之计皆左。
赤日灼焦当路尘，尔时只拉羲皇卧。
适意何必吟新凉，虚费狂交写诗贺。
兀兀只作忘机人，山绿不饮水不唾。
肃肃秋林闻鸟过，圆果如拳膝前堕。

偕张介农赵筠谷登台舒眺醉后走笔卧看高鸟凌秋烟

飕风下树云贴天，倏然孤枕辞游仙。
空阶兀坐如幽禅，蓬筚剥啄声连连。
古甃投辖留张先，判花裁雨追夙缘。
赵子意态殊翩翩，小简才递来欢筵。
沼水一尺山一拳，齐右风物探能全。
石梯高出林木巅，眼孔聊复穷八埏。
河流如带村角缠，山螺个个清而妍。
凸杯有酿囊有钱，却恨无术招偓佺。
上顿偏学鲸吸川，彼二子者皆輾然。
笑我何能挥百篇，我欲一饮千日眠。
瓢计杓计何琐焉，名孔利窦谁与旋。
驻颜得种丹砂田，木也樗栎刀也铅。

坐作饮啖惟所便，潘江陆海非浪传。
走马谁控霹雳弦，隐侩隐屠皆上贤。
欲往从之惭力孱，风月管领犹多权。
辄于所厚相留延，醒耶醉耶俱无牵。

闾丘闲眺

厌说繁华梦，乘醺纵远睼。
雪消村树瘦，野阔海云低。
贩竖喧鱼市，人家锴韭畦。
故园春渐好，极目乱山西。

口号

倦鸟归飞入泬寥，一溪烟水暮迢迢。
蝉声渐了虫声续，明月随人过短桥。

同苏玉如登西园小楼

襟抱何从放，临高最豁然。
雷残虹架岭，潭阔水浮天。
野客伸谈柄，秋花缔酒缘。
晚凉无浅兴，好待月娟娟。

李杜亭至

一径铺黄叶，跫然客到门。
瘦颜惊渐改，狂态老犹存。
帘雨开新卷，篱花判旧樽。
从酬箕颍志，莫更赋销魂。

蝶

前身果是洞仙衣，惯入芳园锦绣围。
今日好春无着处，多情犹傍菜花飞。

李戟门师观察荆南寄书以招东溟濒行赋诗送之

又逐江郎赋黯然，一杯倾饯落花前。
荆南襆被三千里，蓟北星霜十二年。
莫是羁游增白发，可堪离恨托朱弦。
耽吟久隔春风座，尚寄邮筒唱和篇。

书感

水之曲，山之巅，昨日放脚云扫天；
不怕醉尉诃不前，一饮辄与倾十千。
村之头，篱之角，今日闭门风雨恶；
眼底胶漆无一人，入夜愁声乱松箨。
鸣呼！
人世悲欢复何常，古来废兴亦茫茫。
君不见：
孝然绝口图南睡，彼有见焉非痴瘂。

题画

半岭闲云一道泉，松盘黛色入秋烟。
分明认得秦封树，不踏天门十五年。

山馆信笔

黄头未死成馁夫，铜鎈山积胡为乎？
慈明九旬作上公，彼有天焉非人图。
古来贤达出沦贱，敢逐牛侩从狗屠。
汉宫唐阙递灰灭，风月精神无时无。
神山弱水那可到，长绳难系西飞乌。
弱岁痴呆未能卖，谁复涕泪挥穷途。
靖节淡泊香山达，无酒犹为愁樽壶。
况乃顽躯易衰朽，事如博局何妨输。
呜呼！
人世悲欢靡定准，作处裈虱或见哂。
君不见：
蛛网低结檐户间，蝇为缠裹蜂为窘。

雨夜不寐有怀

人世空惊水上沤，孤灯无那揽衾裯。
心情潦倒还如醉，风雨凄凉不耐秋。
往事于今伤覆鹿，薄才何计觅封侯。
故交半作天涯客，欲解相思可自由。

南园观梅

几日朔雪僵群木，寒风飒飒穿老屋。
昨夜梅花当户开，寂历林烟绽香玉。
朗然一树供我赏，冷淡岂与豪华逐。
孤鹤作响天昏黄，长笛飞声月高矗。
姑射仙子踏雪来，缟袂盈盈倚修竹。
潇洒魂梦不归山，月兔捣霜餐已足。
狂生偃蹇宁可人，篱下相逢定青目。
只今人世多冰炭，恨无长计涤尘俗。
藜榻睡起香沁脾，萧静何殊在岩谷。
欲浮大白嚼佳句，诗魔遁匿空扪腹。

不惜毛锥投闲散，忍令高洁笑食肉。
回首云山肆遐瞩，羲也皇也去何速。
园吏莫学鼠狗偷，留与此生伴幽独。

寄李东溟

齐云燕树各天涯，离思茫茫岁月赊。
白首不须悲落魄，从来诗客半无家。

登汇波楼怀李东溟

十二年前忆共登，依然秋色满齐城。
斜阳流水潇潇去，衰草寒烟细细生。
空有诗篇藏袖底，恨无书札寄邮伻。
濯缨湖上千条柳，犹系离筵旧日情。

晚坐有怀

畴昔忘形友，天涯老未还。

离怀杯底月，乡梦雨中山。
藜榻何年话，边鸿近日闲。
小斋灯耿耿，兀坐类痴顽。

拟古

月明照寒屋，西风透窗帷。
中有如花女，挑灯制寒衣。
制衣未成领，忽听朔雁飞。
雁飞有归时，拈针双泪垂。

历下归途

岂有风吹帽，烟埛独掉缰。
天涵秋水净，草接暮云黄。
古岸人通屐，晴空雁缀行。
吾庐幽尚在，拟醉菊花觞。

春晴

院静一窗支，新晴近午时。
日高林影缩，花乱蝶情痴。
遣兴翻书懒，游仙结梦迟。
短吟过百韵，半是惜春词。

浒山泊口占

驴背放吟兴，行踪古驿旁。
林深山鸟下，风细野花香。
波影摇僧舍，歌声引钓航。
平峦中缺处，应是故人庄。

午日作

不作禳除计，薰风引步迟。
农忙收小麦，市乱卖新丝。

逐静愁增热，寻闲自咏诗。
榴花开照处，一斛醉淋漓。

赠何似之

邋遢双青眼，颓唐一白头。
林园山作障，风雨容登楼。
往事蕉边鹿，浮生水上沤。
糟床容托迹，即此是丹丘。

村居

自笑谋生拙，闲诗信手抄。
溪云时到屋，野味喜充庖。
行有庸奴伴，门无利客敲。
小斋风雨破，又补一重茅。

晚眺

夕阳红在山，歌声起牛背。
野色晴更佳，林木有余态。
水深陂草没，盈盈短桥外。
时得无寻吟，乘风独缓迈。

张拙庵园居留题

落日柴扉偶驻车，主人将客径回斜。
登堂先学方三拜，赌韵肯输温八叉。
过眼浮云观世事，策鸠东老问年华。
梅花几树闲临水，疑到孤山处士家。

秋夜登楼

谁与扪星斗，凌空意自超。
风声散遥野，汉影界中霄。

幽火隔林见，凉蟾举酒邀。
楼居仙客好，危坐待松乔。

晴郊晚步

何处田歌发，轻衫带夕晖。
墙低瓜蔓上，雨足豆苗肥。
积雾遥山隐，幽湾碧树围。
停吟有余兴，独采野花归。

固均道上

匹马河边路，西风笠影斜。
僻村犬吠客，荒圃屋垂瓜。
岸侧眠斑犊，林梢立倦鸦。
今秋鱼蟹贱，拟醉钓人家。

陪李海门先生游康氏漪清园

长白山前绣江水，秀容吟客作诗纪。
明湖弥漫摇鹊华，东西相望绕百里。
百脉佳胜冠吾乡，荷芰扶疏鱼蟹美。
紫垣达者佩兰人，眉宇峥嵘压金紫。
控山依流小筑成，淇水渭川合厥名。
鹖冠野服樵苏话，草靸�鸥鹭盟。
忽逐辽东老鹤去，象纬难窥处士星。
玉昆铨锡亦清发，广交磊落多忘形。
子犹负狂辄径造，不烦挈榼携瓶罂。
狼藉篱菊含秋英，西风萧飒吹轩楹。
抱节君占百弓地，林禽沙鸟争飞鸣。
树木阴翳苔滑汯，暗里潺湲闻水声。
低筑缭墙斜置屋，石桥平亘栏曲录。
中郎绿绮好坐弹，辋川佳句可抄读。
芹沟澄澈金镜清，瓦口青龙寓双目。
何事方外寻丹丘，疏襟顿消尘一斛。
主人设席涤樽壶，篱角荒甃投客车。
饭有香粳肴有鱼，弦丝竹肉为欢娱。

主言新诗不可无，凉蟾一片悬高梧。
或摇双膝掀短须，不知人世有忧虞。
平泉独乐今再见，买山乞钱计亦迂。
还假龙眠好画手，鹅绢为写招隐图。

斋居偶兴

心迹何堪问市嚣，小斋琴帙伴幽寥。
果谁消散黄虀瓮，任我排当绿玉瓢。
薄有田园缨漫请，多栽梧竹凤难邀。
结篱他日东山曲，拟遇樵仙跪受条。

野步

疏烟散林梢，蝉声聒双耳。
野阔生远风，夕阳半山紫。
溪流环古村，新涨势沵沵。
人语隔修岸，沙鸥时惊起。
忽添吟客情，复含丹青理。
谁持钓竿归，我怀鸱夷子。

溪上口号

醉帽欹风自策驴，碧溪秋涨水通渠。
遥闻举网人喧闹，村市明朝更买鱼。

谷雨后五日霜

不禁青女虐，春帝果无情。
莫使输供阙，东南正苦兵。

园居初夏

花国笙歌寂，柴门竹树幽。
延风醒午醉，邀月破宵愁。
药辟新畦种，诗开旧箧搜。
壁间谈麈在，应晤老闲俟。

西村晚眺

放屧村西路，苍茫日欲昏。
鸟投临浦树，人掩向郊门。
网客留鱼婢，田奴唤犊孙。
阒然城市远，犹见古风存。

同人咏蝶

滕王画里数寻诗，栩栩微暄嫩霁时。
羡汝香窠偏有分，一生常傍好花枝。

成石轩幽居题壁

司空亭早筑休休，一曲矬垣枕碧流。
无热客来谈将相，有闲福去管春秋。
仙厨佳酿蒙分馈，布橐新篇借校雠。
缔水盟山缘未了，可随君臂把浮丘。

将去闾丘留别陈星岩司训

马首东来雪未消，鞭丝回指故山遥。
解装便入春风座，恰是元正第九宵。

取次南州下榻来，幸邀青眼对樽开。
豹斑终竟惭窥管，谁探陈王八斗才。

决计从抛苜蓿盘，东风料峭促归鞍。
升沉已定休重问，垂老元英未拜官。

穷鸟枯鱼莫费吟，栖丘饮谷是初心。
还家好订嬉春约，绣水桃花放一林。

杂感

边奏廷谋日几回，天家仓府一时开。
河防未杀鱼龙怒，匠氏多鸠干笥材。
转道萧何初报绩，绘图郑侠欲援灾。

太平策奏贤良贵，闻说黄金已筑台。

早发文祖镇

秋冷陨霜早，无风山叶稀。
路危迟马足，雾重逼人衣。
老寺钟初定，荒村鸟乍飞。
拟寻泉石友，乞得好诗归。

柳枝词

漫说长条与短条，绿阴新上赤阑桥。
临风蘸得春波影，可似东门旧舞腰。

晨兴偶题

晓起开房栊，始知晓雨过。
襟袂生微凉，松吹忽通座。
比来慵出门，小诗作日课。

工拙何暇论，篇成不索和。
掷笔一昂首，翛然天字大。
长途走热客，车驰肥马驮。
既不畏日炙，复不惜泥涴。
究只劳其形，所计无乃左。
我有瘿木床，北窗学高卧。
亦有乌皮几，空阶事隐坐。
夏麦造新曲，春缸酝香糯。
时引三两杯，孤闷略能破。
人生在天地，淹延蚁旋磨。
况此孱羸身，任人笑庸懦。
敢效使酒狂，常忧拭面唾。
世情冰炭交，道路多坎坷。
谁与工送穷，夷齐不妨饿。
所患俗难医，曾栽竹万个。

桂花

如来金粟是耶非，人到灵波殿里稀。
一片凉飔香满院，不须还着令君衣。

山亭宴集

探奇随处问林丘，今作凌云载酒游。
旧执五人同判饮，新凉三日又逢秋。
妙从支许谈中味，诗向荆关笔底搜。
狂迹山灵休见忌，还期重拜醉乡侯。

秋夜独酌

万事无如饮，陶然更举觞。
月来窥影瘦，秋入觉宵长。
漫不论贤圣，伊谁笑蠢狂。
也知能损肺，争奈瓮头香。

偶成

谢瞻虑门户福，疏广散乡里金；
富贵有何穷极？二君乃是良箴。

鹖冠无荐已友，中散有绝交书；
势利不生末隙，贫时余耳何如？

问谁羞露囊颖？未碍终为爨琴；
何限酸辛世味，曲生交到而今。

别顾静人归途作

才罢停云唱，匆匆又别离。
青驴芳草路，归客独吟时。
夜雨浸花骨，晓风梳柳丝。
无情绣江水，相伴去迟迟。

落叶

萧萧更槭槭，叶下万千枝。
对此飘零状，遽增别离思。
山空霜冷处，日暮雨寒时。
似是秋风意，问风风不知。

闻蛩

凄切果何诉，争添四壁秋。
亦能消夜永，不管起人愁。
初冷月孤照，声寒露欲流。
谁知汝心事，哀雁共清幽。

过古梁邹

轮蹄尘不起，微雨洒前宵。
孤客重来此，同心未见招。
乱山青绕郭，春水绿平桥。
小憩垂杨岸，酒帘风外飘。

秋夜

梦回孤枕漏迢迢，古壁青灯伴寂寥。
一夜秋声听不尽，风中丛竹雨中蕉。

除夕读马子琴聊以自娱集题后

大海明珠任网罗，吟坛曾识病维摩。
精神几向诗中尽，酒脯年来补几何？

春日杂兴

东风昨夜雨潇潇，翠袅长堤柳万条。
不惜病躯还痛饮，今年寒食是花朝。

指点茶寮更酒坊，者番花事太猖狂。
韶光自出东君手，全仗诗人作主张。

一花一草总关情，兴至无妨荷锸行。
几度偷闲偷不得，算来孤负五清明。

别陆方桓

老乌枯树啼还咽，朔风萧萧欲飞雪。
屋底闻声剧生愁，况复今朝惜离别。
我友磊落无等伦，邂逅一谈已心折。
骏足踏风千里程，熟料霜蹄暂颠蹶。
人生亨屯信有时，世事孰与冥冥决。
矧今天地多荆棘，当涂竞效儿女悦。
纷纷白眼尘垢间，欢笑奚殊酒颜热。
我持长计与君期，惟有老死藏书穴。
醉意不妨春鸟知，吟怀闲共秋声说。
萧然心迹寰海宽，那能频向世俗约。
古人结交交以神，不须伤心月圆缺。
君不见：
前有管鲍后廉蔺，如此始可论冰铁。

南园即事

小园枕流水，几榻屋三间。

拨火闲烧茗，开帘饱看山。
炉烟香杳袅，苔径绿回环。
不是渔樵人，柴门尽日关。

田间

豆架瓜棚自结邻，家家禾黍已尝新。
飒然一雨西风晚，荞麦花开白似银。

九日怀马子琴高云轩诸友

日落千山紫，风鸣万树苍。
愁心并离思，潦倒过重阳。

固安河上

去年成巨浸，今复作通途。
春水人争渡，平林鸟自呼。
风沙欺旅鬓，城郭压荒芜。

何处黄公肆，含情问仆夫。

将宿富庄驿

东风杨柳卫孤村，酒旆低悬旅店门。
漫以黄金悲季子，孰从芳草怨王孙。
莺花故国春将老，车马长途日又昏。
一片乡愁应渐解，况凭北道劝加飧。

喜雨篇

骄阳为患稀至此，已分群龙沉地死。
一夜雨师神指挥，雷车倒翻银河水。
万物遭逢各有时，青天荡荡谁能窥。
迟耶早耶听之耳，号呼佻躁终何为。

经夕流潦尚没踝，湿云压山瀑泉泻。
侧闻田陌欢笑声，语鸟鸣蝉竞潇洒。
官吏相庆商贾歌，余亦归去倾白醝。
使天不雨雨珠玉，莫为繻粟将奈何！

老将和韵

壁垒阴风飒飒吹，捋须尚想筑坛时。
一生筋力三边尽，百战功名大内知。
充国曾无人可代，廉颇犹示马能骑。
军门列将新提印，半是当年帐下儿。

白凤仙

鸑鷟何年此降胎，翘然片羽落苍苔。
前身定是巢蒲类，犹带天山夏雪来。

和李蓉台游长白山作

忆昔为客羁燕幽，黄沙漠漠行人愁。
抛却齐城故山好，输君独作凌云游。
一路看山问山路，棋累蛇纡无回步。
山精咆哮远走来，推引风车入烟雾。

尔时万象集君笔，今读君诗兴超逸。
还期载酒凌山巅，一啸声闻天外天。

途中感怀

醉帽吟衫日已斜，乱山秋色送行车。
村边归鸟争高树，江上西风散晚霞。
仆马不逢韩吏部，凤鸾空惜贾长沙。
未知天际浮云片，过否朱门帝子家。

闲兴

晚山落新翠，秋色雨余天。
望眼将穷处，远空生细烟。
柳思陶令宅，瓜问邵侯阡。
不尽云泉兴，何期十万缠。

七夕宴游

河汉依稀闻水流，金风来往淡云收。
一钩新月临初夜，几片清砧报早秋。
命酒客行无算爵，谈诗人上最高楼。
诸君应识升沉定，何事斋心祝女牛。

梅花

谁家玉照更名堂，独立黄昏有暗香。
眼底孤山高格在，端应配食水仙王。

夏夜

碧落无纤翳，黄昏雨乍过。
夜凉人意净，水近月光多。
有客掀髯笑，谁家弄笛歌？
武昌楼上酒，酣乐更如何！

和柳桥韵

人生无兼长，便类车脱毂。
天命知何如，抚躬叹煎蹙。
多惑愚公移，更伤夸父逐。
利钢忧锋摧，洁质惧尘黩。
淳熙既已远，疹疠兆盲秃。
当路陵气多，野褐弃怀玉。
长才夸一石，叩之不盈掬。
鸑鷟竟安在，空叹鹊巢覆。
兴蹶几何代，攒眉检翰牍。
造物薄我生，短羽并蹇足。
不识纡轸萦，虑害门户福。
盛气伤天全，弃事得精复。
局外悲穷鳞，微躯凛渊谷。
讵少猪肝尝，大鼎敢顾餗。
燕台一游览，官驺畏踢蹴。
弹铗与饭牛，自鬻替含辱。
名贱羞龙蛇，性疏爱樵牧。
失势遭揶揄，徜徉免诗狱。

爽气来西山，聊洗凡眼肉。
齿冷缘木求，心非举算扑。
忽惊明镜霜，因束游子服。
忆昔方有冠，屡事钻龟卜。
人称清庙琴，凡音异筝筑。
砚田谋丰腴，烧心阅三烛。
悠悠廿年间，孤踪类羝触。
漫作刘蒉哀，奚烦包婿哭。
升沉信早定，洪舟解推陆。
世无三少方，学道而能速。
少游称善人，马车却烦促。
蔀檐多蜜翁，莫由认痴叔。
恶少骑屋狂，浇风那忍瞩。
蚊睫偏能容，焦螟见托宿。
儿童复何知，逵衢咨踯躅。
作意追羲农，背村有茅屋。
依流贵平进，未合玷素族。
舞惭堂下衣，笋埋雪中竹。
枉作挟弹仙，伤春句吟熟。
埙篪期叠奏，布被置同幅。
谁云水可几，激流戒湍瀑。
庭草借锄芟，身垢撩波浴。

近郊半顷田，沟源重澇漉。
启帙焚名香，佐餐芼园蔌。
吟怀托樽罍，殷勤贮糟曲。
时行云霞中，双屐盘诘曲。
怪底青眼悬，神交半鬼箓。
所思在天涯，离愁总难劚。
与君频具谈，俦侣哂凫鹄。
泉石留性真，深好不妨酷。
佳什堆琳琅，非才竟妄续。
喧啾何足云，拈毫愧枵腹。

首夏小隐园闲题

歔罢陈编日欲晡，昼长犹有坐工夫。
竹经新雨才抽箨，鸦占高枝自引雏。
招饮我能操酒券，好闲人与课园奴。
还期借得倪黄笔，细写江干小筑图。

郊居

也随浒令赋闲居，满砌苔花任扫除。
爱饮不留经宿酒，健忘重理去年书。
凉因可纳窗先启，俗果能医竹自锄。
孤坐易增迟暮感，园红正是槿花初。

将抵村门

遥山深碧近山青，禾黍高低络古城。
远山浮烟通野色，密林残照有蝉声。
任看鸟雀穿云去，却羡舟车载酒行。
小园松蕉还好在，绿阴浓处过三庚。

归途感怀

薄劣何因学六韬，秋霜新点鬓边毛。
风尘偏我旁吟骨，肝胆凭谁脱宝刀。

献舞祝公成宦蠹，斩蛟周处本人豪。
纷纭世态浑无据，立马林阴看桔槔。

得马子琴书

屡作停云唱，闲眠昼掩庐。
偶寻高枕梦，忽接故人书。
着意询新课，含情慰索居。
收函还独坐，花木一圃疏。

秋夜怀高伯文

不见达夫久，深居感二虫。
门扃花影乱，月落酒杯空。
只道参商隔，何妨臭味同。
他时能远访，还问捕鱼翁。

夜行

风叶畏萧飋，寒烟暗九皋。
霜威侵马骨，月色冷吟袍。
影悟三生幻，心牵万事劳。
仰观天默默，欲问首重搔。

竹筋

修竹本凌霄，劲质有时折。
剭削忽改柯，涂身趋浊热。
尽日耽肥甘，攫取何乃饕。
谁谓汝无心，惜哉已失节。

赠王淇瞻

忆从长白山头罢离樽，有如星影东西分。
几随陶令歌停云，局促自笑虱处裈。

安得与君重论文，池台小筑江上村。
剥啄那辨朝与昏，欣然倒屐迎出门。
披雾豁见青天痕，廉蔺肝胆何必论？
着眼西山鸾鹤群！

江村闲步有感

又作江干汗漫游，洒然风景值新秋。
人间富贵如旋踵，眼底云山无尽头。
照饮屡邀天上月，忘机只羡海中鸥。
龟龄不疗烟霞癖，把钓江湖老未休。

红藕花榭诗余

《红藕花榭诗余》原书名页面

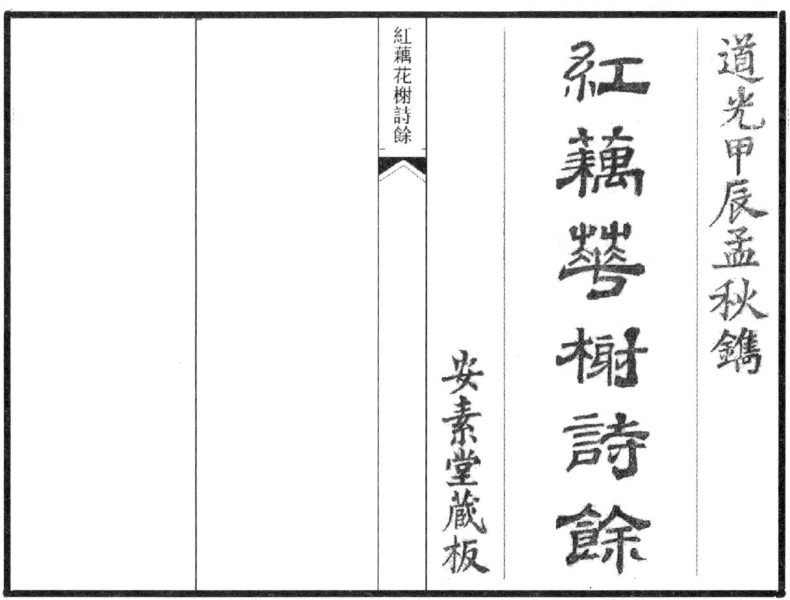

道光甲辰孟秋鐫

紅藕花榭詩餘

安素堂藏板

紅藕花榭詩餘

《红藕花榭诗余》原序页面

紅藕花榭詩餘　序　一

吾鄉聲韻之學在前明嘉靖間家太常公以金元詞曲嘯傲林泉提唱後學惟時西野雪蓑諸君子多出心裁角勝壇坫興歷下詩派分道揚鑣國初以來繼聲蓋寡迨則鶴泉翁殫力於此深窺閫奧間有所作不懈而及於古蓋嘗推琴言源出岸以相示余忽忽近三十年矣在星及門於岸業之餘兼相為詩詞余宦游四方亦屬以詩集

家貧而未嘗及於詞今觀
遺集超逸之中兼饒豪邁
出其抑塞磊落之才發
為慷慨悲歌之調情韻肆
溢殆如秋雲在空變幻莫
測殆知其亦寢饋於此者

是詩餘之學於孟氏已得
二人衡宇之交傾心感藉紉
香之刻有愧青藍矣今兩
蕭寥停雲渺緜屈指舊
游恍如隔世既慨念泉下
老友而又傷雋才之不

永年也聊書數語即以
誌感云爾
道光甲辰季春紉香草
堂主人李廷棨書

红藕花榭诗余序　　李廷棨

吾乡声韵之学，在前明嘉靖间，家太常公以金元词曲啸傲林泉，提唱后学；惟时西野、雪蓑诸君子各出心裁，角能坛坫与历下诗派分道扬镳。国初以来，纵声盖寡。近则鹤泉翁致力于此，深窥蕴奥，间有所作不懈而及于古。盖尝于琴言湮坐举以相示，今匆匆近三十年矣！

在星及门，于举业之余，兼好为诗。自余宦游四方，亦屡以诗集寄质，而未尝及于词；今观遗集，超逸之中兼饶豪迈，出其抑塞磊落之才，发为慷慨悲歌之调，情韵肆溢，殆如秋云在空，变幻莫测，始知其亦寝馈于此者，是诗余之学于孟氏已得。

二人衡宇之交倾心，咸籍纫香之刻，有愧青蓝矣！今雨萧寂，停云渺绵，屈指旧游恍如隔世，既慨念泉下老友，而又伤隽才之不永年也！聊书数语，即以志感云尔。

道光甲辰季春，纫香草堂主人李廷棨书。

临江仙　绣江道中

一掌平堤迟去马，无边绿意红情。
暖寒天气近清明，林藏宵雨润，草扑晓烟轻。

不见荆阳耽咏客，依然水碧山青。
酒旗卓处且停留，落花千万点，啼鸟两三声。

人月圆　送潘鲁桥北上

去年曾作辞家客，漂泊古幽州。
看山骑马，寻诗踏雪，饮酒登楼。

君今老矣，轮蹄襆被，又复遨游。
十年心事，三更灯火，一片离愁。

梦江南　青阳道中

山色晓，薄雾隐朦胧。
短笠单衫微抱醉，鸣禽如与话行踪。
一路枣花风。

好事近　楼桑村

匹马立西风，一带野篱环曲。
试问葆桑何处，剩古苔凝绿。

至今庙貌尚峨峨，牲酒里人肃。
日暮神鸦群噪，恨当年鼎足。

绮罗香　水仙

帘卷轻寒，春风有意，几阵冷香吹彻。
定武红瓷，稳置小屏山叠。

谁料取、银蒜穿泥，又误认、翠钿擎雪。
任笑他、艳紫妖红，花枝多被玉人折。

家乡云水何处，便是梅兄樊弟，未须重约。
寸寸芳心，得共素娘偷说。
映檐溜、疑听湘弦，称冰苔、欲兜罗袜；
到三更、烛灺香残，梦飞湖上月。

好事近　春闺

帘卷上银钩，门外晓风无力。
多怕东君归早，损海棠颜色。

双飞燕子不知愁，掠影小阑北。
闲摘紫金钗股，卜玉关消息。

卜算子　梨花

云解梦初回，帘外妆犹靓。
杏嫁梅娠更几时，莫放金杯冷。

腻雨认啼痕，有恨凭谁省。
寂寞银墙月照来，留取春风影。

水龙吟　春雨

连番密密疏疏，家家搁住寻芳事。
暖寒时候，寂寥庭院，乱丝谁理？
风到楼窗，轻纱点点，搅人春睡。
奈画檐残响，巫山剩梦，都裹在，新愁里。

休怪这番憔悴，小屏山、背人斜倚。
淋朱妥粉，含情试问，韶光余几？
漫卷湘帘，伤春意绪，旧来如此。
怕吹飞南浦，蒙蒙化作，别离人泪。

点绛唇　途中送客

天际轻雷，烟痕横锁参差树。
岸风吹絮，斜照飞晴雨。

我是归人，偏惜春归去。
还凝伫，落红无数，寂寞山村路。

卜算子　新月

巧样弄纤纤，人立黄昏后。
寂寞闲房窣翠帘，花影微微逗。

屈指望团圞，还迟多时候。
水面风轻取照来，学作眉儿皱。

沁园春　老将

举目山河，一生筋力，老尽边关。
看兜鍪夕解，塞霜侵鬓，翎根乍脱，刀箭余瘢。
善饭廉颇，雄心充国，恍到千旗万马间。
时昂首，见天边新月，尚想弓弯。

堂堂岁月奔湍，历百战功名夸据鞍。

忆挥戈拔稍，烽消瀚海，腾龙哮虎，雷震天山。
毳幕秋风，严城画角，落日萧萧金铁寒。
摩长剑，问当年乳臭，几辈登坛。

沁园春　老农

鹤发偻躯，闲扶藜杖，延步林村。
便凶丰岁序，自谈阅历，阴晴占验，常辨朝昏。
韦布侪中，枌榆社里，出入群推辈行尊。
辛勤惯，爱携将稚子，共饲鸡豚。

优游毕嫁完婚，幸自是常沾雨露恩。
想神钱社鼓，赛祈事了，黄鸡白酒，亚旅情亲。
满贮桴京，早输国课，衙吏何愁夜打门。
多筹算，且预将温饱，望到儿孙。

沁园春　老僧

抖擞烦嚣，深居古寺，槁瘦如秸。
看松阴竹影，静移铃塔，昙花贝叶，香度琼阶。

鱼木悬枯，钵金敲冷，趺坐谈经般若台。
朝还暮，理宝龛灯火，佛面尘埃。

行时蹩躠谁偕，纵百亿诸魔休见猜。
念石潭降鹤，珠幢呪雨，霜髭碧眼，死火寒灰。
着破袈裟，听残钟鼓，弟子垂眉学法斋。
知何日，得灵根觉性，修到如来。

沁园春　老渔

摇首红尘，名缰利锁，斩却些些。
据江流一曲，西风鹭影，湖光千顷，秋水芦花。
渔篙烟疏，蟹帘人悄，拨转船头向水涯。
悬蓑处，遇沧波旧侣，笑问仙槎。

何须种豆锄瓜，浑忘却霜侵两鬓华。
竟铜驼玉马，废兴何代，黄金利铁，恩怨谁家？
破浪垂竿，得鱼换酒，一片菱歌月影斜。
沉醉去，待明朝解缆，还看东霞。

沁园春　老妓

回首青楼，烟花管领，弄粉揉香。
有题巾词客，扫眉才子，琼筵红拂，画舸清觞。
几度春风，两般心事，闲杀西陵小小娘。
依门望，羡几家金翠，养就雏凰。

休休不耐轻狂，枉自把牙梳梳掠忙。
叹容颜憔悴，腰肢瘦损，马车冷落，歌管凄凉。
买笑金空，传笺人去，转盼都成薄幸郎。
抛鸾镜，奈当年悔不，早嫁王昌。

台城路　重九

从头吟了西风赋，含凄自推窗户。
乱叶垂丹，香金点橘，都是妆成秋处。
疏烟一缕。看雁断寥空，懒张弦柱。
曲曲阑干，破蕉犹带夜深雨。

霜英遮莫探取。沈郎耽寂寞，闲制花谱。
砌里蛩哀，帘前蝶瘦，别有伤心如许。
年华暗数。叹春梦蘧蘧，向人无语。
只有芳醪，略消情味苦。

喜迁莺令　寒食

山淡淡，水溶溶，野味暖才烘。
踏青人在夕阳中，箫管奏玲珑。

花开未，乌衣睇，好个嫩晴天气；
春衫宽博马蹄松，处处柳条风。

惜余春慢　柳花

翠缕牵愁，黛眉缄恨，滚滚平沙低块。
多招燕蹴，似惹莺啼，抛却好春无状。
恰值东风暗吹，画阁朱甍，也还飞上。
奈盈盈意态，扶摇无力，更沉蛛网。

休再忆，细雨章台，宝鞍游恣，瞥眼花零波荡。
斜阳讳影，舞雪团香，扑扑碎萦帘幌。
几处青泥又生，欲去仍留，全无凭仗。
惨绿阴庭院，咏诗人去，半池萍长。

菩萨蛮　过小荆山

秋云作意随归客，秋林丹果谁攀摘。
风紧雁声酸，一蓑山雨寒。

水村晴更好，余霭都收了。
咫尺故人居，残阳懒下驴。

后庭花　赏春

曲阑东畔回廊侧，花光草色。
昨朝浓雨和烟织，弄成寒食。

风来一任欹轻帻，细聆歌拍。
赌酒兴狂天骤黑，怎生消得。

忆秦娥　秋晚

风骚屑，寒云卷尽山成叠。
山成叠，一分幽寺，三分黄叶。

秋空万里征鸿灭，天涯何处伤离别。
伤离别，敲砧庭院，寄衣时节。

苏武慢　忆明湖旧游

水镜函香，船窗纳翠，曾是藕花时节。
弹丝弄竹，递斝传笺，忙杀七桥风月。
嘉客并来，倚马才高，登龙意惬。
忆谁工吟絜，鉴台丹粉，更称佳绝。

经几次、大笑掀髯，倾谈抵掌，一任唾壶敲缺。
庄襟漫整，老带偏松，那顾鹤笼驹橛。
回首十年，物变星霜，人分楚越。
问重逢何日，争得禁生华发。

木兰花慢　月下同松野作

清光随处有，几回向、客中圆。
忆太液波明，西山雪皛，一样婵娟。
经年。素蟾盥雨，又汶阳、精舍照谈禅。
船舸明湖秋老，风花少海春残。

今番。亭榭尽宽。闲夹坐，竹西偏。
慨牛渚舟中，武昌楼上，邈矣难攀。
留连。论诗说剑。恰银云、才拭水晶盘。
好借青州从事，续他未了闲缘。

一萼红　幽事

倚庭柯。好论园买夏，幽事燕闲多。
屋小如裈，树圆成幄，方池初绽新荷。
镇轩榼、琴床茗碗，摊饭了、散诞醉红螺。
鸟也挥翎，鱼乎掉尾，其乐如何！

几度慊风榭雨，便颠应拜石，饕欲蒸鹅。
倪范丹青，王裴名理，屐痕良友重过。
置藜榻、调笙按曲，羡溪翁、学织钓鱼蓑。
恰又芭蕉叶大，墨汁浓磨。

琵琶仙　纳凉僧寺

想落诸天，坐长日、正谱南薰时节。
一片竹影松阴，禅房镇幽绝。
过耳畔、数声清磬，佛香绕、昙花贝叶。
闲话聪殊，静寻支许，名理谈彻。

算多少、未了尘缘，奈就里、情根铄痴骨。
太息世间冰炭，起头颅毛发。
借瓶钵、汲泉浇茗，暂消除、烦恼余热。
更待照我佳眠，一龛明月。

醉蓬莱　村炉漫饮

正山眉染黛，水镜摇金，夕阳赪紫。

尺布青帘，挂绿杨丛里。
社是枌榆，情联宗娅，更酒浓鱼美。
前度酣眠，蝶床清梦，被人呼起。

矍铄皤翁，蹁跹俊少，未碍谈嘲，强之说鬼。
富窟豪华，问钱缗余几。
里巷游嬉，四明狂客，料素怀如此。
乐事无穷，哑然一笑，余真醺矣！

金菊对芙蓉　月夜偶感

万瓦浮霜，千山泼汞，碧天尘翳都消。
问清虚宫殿，何似人曹！
佳游总不冲升去，也须检、海岳云涛。
半生逼仄，砌虫喧唧，恐被相嘲。

几见鱼罂鸿毛。便举杯吞影，短发谁搔。
看银蟾渐缺，蜡炬终销。
名乎公器容多取，更休论、续尾成貂。
世间痴梦，多应唤醒，午夜蒲牢。

眼儿媚　春事

倚狂且逐少年游，前度雨初收。
二分春在，绿杨枝上，红杏梢头。

林禽磔格留人住，襟带尽风流。
有杯休放，东君曾惹，几段离愁。

祝英台近　别何兰溪归途作

践平芜，披夕照，风软燕交语。
无数飞绵，扑扑送人去。
难忘雨夜挑灯，谈禅颂酒，尽消却、茶炉烟缕。

漫凝伫。茫茫千顷湖光，离愁黯南浦。
野店村桥，犹识旧时路。
料应冰柱金徽，停云入奏，怕逢着、幔风窗雨。

声声慢　怀安荫堂

饱餐山绿，醉吸湖光，客窗曾与盘桓。
三叠凄凉销魂，旋唱阳关。
车轮更兼马足，趁江风、又换南船。
解装处，阅锦城，川岫几擘吟笺。

笑我烟霞旧癖，渐沉腰，潘鬓放懒沉闲。
风雨天涯，题缄到底谁传？
嵾嵾故山好在，大刀头、白发应看。
春去也，料催归啼杀杜鹃。

满江红　初夏集山楼

抗手神仙，何自蹑、片云飞到。
盈耳观、松涛作响，骤开风窍。
粉本谁传摩诘画，红螺聊仿孙登啸。
更添欢，谐语妙东方，哄堂笑。

翻笛曲，欹客帽。扪萝走，槌床叫。
任科头跂脚，谈元穷奥。
天镜一函舒眼界，山屏万叠供诗料。
问谁堪假取鲁阳戈，回斜照。

眼儿媚　立夏后七日作

风中狂絮水中萍，节序使人惊。
夕阳时候，绿阴庭院，犹弹帘旌。

东君一去无消息，好梦总难成。
厌厌醉也，闲愁闲绪，付与啼莺。

绿头鸭　送成石轩

黯销魂，无边落絮纷纷。
正相将、凭高舒眺，楼台半倚斜曛。
雾全收、山嵯成叠，风微过、水碧添皴。
芳草萋迷，啼禽啁哳，一时愁惹倦游人。
素琴歇，阳关满目，聊与劝清樽。

为悬想，林边帽影，陇外车尘。

忆当年、西斋聚首，依依言笑情亲。
却炎天、松篁对榻，联夜雪、灯火论文。
感阅三秋，欢留一夕，从兹花月怅离群。
试重问、披肝露膈，古道几人存？
知何日，渔樵闲话，得再逢君？

念奴娇　楼望

凉才过雨，看螺盘眉晕，遥山横碧。
井落分明斜照伙，万树苍烟如织。
鸟去长空，人归绿野，闲榻徐黄册。
松风流响，一杯新泛琼液。

谁疗泉石膏肓，吟边醉里，早谢声华客。
途马湖船容办取，到处名区留迹。
半世癫狂，一时登览，旷抱今如昔。
倚栏相待，海蟾还照孤笛。

念奴娇　月夜

小窗谁闭，正枕边残梦，林风吹醒。
楼外钟声迟度去，恰是凉宵人静。
谢了元驹，烧将短烛，慵把疏襟整。
空阶旋步，玉蟾飞上松顶。

还又叉手徜徉，新诗暗嚼，苇火添茶鼎。
奴子垂头先睡去，门钥无劳重省。
仙鼠徘徊，池鱼拨剌，竹弄千竿影。
朱弦挥罢，不知身在人境。

水龙吟　咏帘

风前叠影重纹，微茫一片湘波细。
昼长庭院，银钩宝押，盈盈窣地。
轻逗花阴，低通燕剪，几回搴起。
对茅檐雨溜，层层悬注，浑凝在、匡庐底。

掩映书帏琴幌，秘仙香、未须禽睇。
当阶草色，沈君高尚，柴门牢闭。
坐隐谁邀，琉璃照彻，清凉似水。
待夜深高揭，姮娥又被，送双铺里。

偷声木兰花　雨霁山行

松森圆盖藏高阁，片片归云岩际落。
莫问栖禅，石路无风响细泉。

平峦缺处通斜照，系马林阴扶醉帽。
且为迟留，折取山花簪上头。

南歌子　九日病中有怀

小雨楼边过，疏风木末收。
登高有客正迟留。争奈一番佳节，花粲侬愁。

酒岂无钱买，诗还入梦搜。
薄寒庭院不成秋。况惹十年离绪，重上心头。

贺新郎　雨霁楼望别李柱山

圆镜开清旷。正临郊、危楼高插，蹑梯初上。
云灭烟消霞又闪，倏尔氤氲万状。便画手、倪黄难仿。
十万芙蓉浓翠合，更垂杨、夹岸溪流涨。
双眼豁，寸怀畅。

棕鞋布橐敲门访。倚疏狂、按歌呼酌，风流跌宕。
判草裁花吟兴了，谈彻清言没障。似供我、坛仙爬痒。
乍却三秋离别苦，望天涯、又发骊驹唱。
诗酒会，总难忘。

念奴娇　排闷

人胡自苦，看北裘南葛、从天排置。
取相封侯原有数，载也谈何容易。
买药烧丹，焚香佞佛，杳矣元真理。
装妍形丑，世间多笑俳戏。

纵想累代兴亡，百般恩怨，视丰城名器。
小技不曾辟大道，尚衍几家文字。
老骥悲鸣，神龙屈伏，多少英雄泪。
支离休怪，谪仙终日狂醉。

柳梢青　柬赵筠谷

暖调禽舌，韶光恰近，秋千时节。
好雨丝丝，和风做弄，今年三月。

趁他蝶舞蜂狂，漫搁了双双步屧。
来日溪村，有酤须醉，逢花须折。

水龙吟　春日纪游

何劳觅觅寻寻，大家携手城西路。
东君作达，恁时弹压，风狂似虎。
昨日雏暄，今朝嫩霁，韶光百五。
看闹红园馆，递香门径，浑不用，邠娘鼓。

停了朱轮绣毂，傍秋千、盈盈楚楚。
不尽轻俊，三三两两，少年朋侣。
莺趣歌场，花抬酒价，青铜频数。
任芳枝插帽，醉牵狂客，作仙仙舞。

眼儿媚　待友不至即景拈笔

野烟浓结短篱根，无事早关门。
吟怀殢矣，案书先掩，杯酒重温。

小楼灯火成孤坐，心迹共谁论。
风吹山雨，声声滴滴，湿了黄昏。

虞美人　阚蓉浦纳姬词以调之

微风颤颤扶花起，隐约湘纹里。
玉郎催唤出来无，中寝何妨倩客赋真珠。

晚妆松薄谁亲见，偏恁司空惯。
坐前斜溜眼波春，道是不曾真个也销魂。

贺新郎　答何兰溪

旧业新重省。笑年来、砚枯毫脱，心疏眼冷。
漫道嵇生偏嗜懒，着意风花管领。
数与办、红醪翠茗。
过了莺春兼笋夏，更蟾蜍、满地铺秋影。
山水态，入清迥。

婆娑可似灵均醒。算浮生、絜楹怎惯，世情多梗。
任取揶揄难谢拙，况惜维摩病省。
怕鲁莽、簪缨造请。
白发穷交应识我，爱林泉、敢遽非钟鼎。
吾所志，在箕颍。

减字木兰花　忆弟吴中

风敲梦破，翻向云程催雁过。
曾历姑婿，不信春来没寄书。

离愁何许，海屋孤檠听夜雨。
手足天涯，空说男儿到处家。

西江月　怀张砺堂

去岁黄花时节，濯缨湖上逢君。
萧萧落叶掩柴门，数与翦灯敲韵。

不道沈郎病瘦，臂围计减三分。
小斋闲却故人樽，又过海棠风信。

卜算子　春暮送别

风定落花深，门径无人扫。
叶底闲鸟续续啼，也解愁花老。

可奈别离多，纵惜欢娱少。
明日床头软脚春，知共何人舀。

陌上花　惜春

桃花憔悴，梨花漂泊，柳花零乱。
好景匆匆，镇日画帘高卷。
天涯不识春归路，满目绿阴铺遍。
向栏干小凭，咏香人去，燕慵莺懒。

正酴醾涨瓮，斜阳影里，强把红螺相饯。
水漫陂塘，怕烛旧愁人面。
春归还有来时候，鬓上霜痕谁剪。
拟牢扃翠户，从头料理，药炉经卷。

眼儿媚　端午

缭垣纷绽石榴红，佳节过天中。
栗留声里，枣花香外，人立薰风。

清晨几盏菖蒲酒，醉眼尚朦胧。
欹床一觉，盈盈树杪，月已如弓。

南歌子　山游晚归

云影全遮寺，人家半掩扉。
松团柳弹互成围，时有林禽惊起作双飞。

马踏青苔岸，风吹白纻衣。
一鞭凉带晚霞归，回首诗场酒地两依依。

一痕沙　秋夜

仙鼠徘徊林顶，古岸斜交人影。
袅袅钓滩风，月明中。

何处笛歌声缓，听到凉宵将半。
露气湿秋衣，伴渔归。

纱窗恨　夜雨

欹床孤枕难成寐，暗宵檠。
无端惹起闲愁闷，雨霖铃。

过小院、余风飒飒，湿茅檐、残滴声声。
隔个窗儿，数到三更。

念奴娇　山游

山灵招我，好牵裾走过，城根篱角。
放眼直穷飞鸟道，面面苍崖丹崿。
松盖团云，风扨岩籁，蓦地狂涛作。
翛然神王，夕阳扶上高阁。

争奈生不神仙，喧缘俗累，漫插红尘脚。
仗有烟霞林壑趣，供我及时行乐。
琴仿孙嵇，谈深支许，叫笑身无缚。
诸君少住，海蟾还照樽杓。

念奴娇　排闷

停杯试问，果海墟能塞，天丸可补。
黑土夷陵人不见，小劫回回堪数。
日火狂焮，河鱼大上，惨说流离苦。
磨戈造舰，蓦惊严塞烽鼓。

远想雷电将军，父兄仆射，姓字辉今古。
肉鼎汤池欢纵地，若个黄金成蠹。
杜老悲歌，灵均骚怨，一样真襟腑。
滔滔皆是，漫论嘘息龙虎。

满江红　与李柱山夜饮醉后作

天地吾庐，叹此夕、酬歌颂酒。
忆盆瓢昨日，大呼狂走。
明月当头飞兴上，百川吸尽长鲸口。
古人云、一灌破愁城，然乎否？

悬双目，看某某。鄙金粉，伤刍狗。
恨不曾予我，陈王八斗。
九土残灰成浩劫，苏门啸客还为偶。
问从今、寄迹是谁乡，无何有。

临江仙　怀友

忆昔濯缨湖上酒，细斟蒲雨荷风。
水光山色两蒙蒙，满船箫鼓，人在画图中。

回首十年成一梦，兴怀渭北江东。
楼高愁上第三重，断云千里，返照海门空。

绮罗香　团扇

睡起朱楼，妆成画阁，玉臂摇来款款。
縠细罗轻，伴得绮窗刀剪。
蜀妃留、今日仙香，秦女认、昔年斑管。
最怜他、扑蝶驱萤，水精帘外几搬演。

迎凉时节恁好，恰是青奴乍进，桃笙初展。
谁赠同心，任向小郎频捻。
若遮面、娇眼频偷，时占曲、绛唇低掩。
祝团圞、好比银蟾，恩情今夜满。

河传　花朝节

燕掠，晴雨。芳郊嫩绿，从容踏去。
春流半绕野人家。横斜，出墙红杏花。

远山淡冶烟轻叠，风一箑，林外纸鸢跕。
柳桥边，酒旗悬。留连，往来多少年。

满庭芳　春日游张氏园

晴卓花旛，暖催羯鼓，遮莫翻锦裁霞。
水吟山笑，疑到武陵家。
乍过闲门静悄，经几处、槛曲廊斜。
欣逢着，主人披款，拨火瀹新茶。

韶光知有几，燕还辞幙，蜂不归衙。
正芳情回首，了却些些。
漫说东君没意，闲闹取、象板红牙。
欢娱甚，香醪未冷，暝色到天涯。

菩萨蛮　游明水

斜阳笠影随鸥鸟，藕花红颤鱼儿小。
新绿上苔儿，有人牵钓丝。

风凉过竹翠，泉窍珍珠碎。
佛阁坐看山，白云相与闲。

霜天晓角　春昼

寻春没侣。拨火煎茶乳。
石铫松声初沸，才几点、打窗雨。

海棠风信去。韶光增几许。
却有林禽知道，晴檐外、共人语。

沁园春　雨中招阚蓉浦小饮

摊饭初回，檐雨慊风，素琴漫张。
正春缸皑碎，漉巾罢滴，羸童鹤立，划径停忙。
良友恢奇，高斋咫尺，折简刚书字半行。
君须办，办遮头纸伞，被体油裳。

匆匆劚韭燂汤，恰放得林宗数刻狂。
看絮零花黪，春还易老，情牵病迫，发可禁苍。
卫霍尘埃，王羊蒿棘，且对屏山尽一觞。
晴时候，向林泉佳处，再整行装。

忆故人　闾丘客思

土铿枯柴袅剩烟，春昼迥，浑无事。
归鸿过也不曾留，落日空凝睇。

漫说花情柳思，倚阑干、一杯沉醉。
东风没赖，潦草吹成，瘦人天气。

满庭芳　初夏怀友

蹴罢香蹄，吟残红雨，玉徽又谱南薰。
绿阴浓互，铺遍野人门。
着眼萍花点点，空换却、舞絮纷纷。
停鞭处，阑干一曲，曾此劝离樽。

文通知别苦，销魂自昔，我亦云云。
问十年踪迹，谁似鸿群。
剩有题墙醉墨，重摸去、都是愁痕。
登楼望，江云岭树，寂寞倚黄昏。

西湖月　陆方桓至

陡闻剥啄声声，正午梦惊回，倒裳迎客。
嫩凉庭户，清风亹亹，顿宽襟膈。
湖山追旧话，试扫却、每苔舒翠席。
咨咍笑、人是忘形，谁忌士龙余癖。

当年箬笠芒鞋，每月底飞觞，水边横笛。
戆狂犹是，容躯只恁，昨肥今瘠。
同游俱老大，奈着眼、参商愁旷隔。
更休与、逋醉逃吟，暂孤佳夕。

永遇乐　绿阴

低护池塘，暗铺蹊径，林翠初暖。
琐碎苔斑，蒙茸草缕，昼永门常掩。
尘香晕雨，那回班坐，扫却落红千点。
碧沉沉、帘幽窗冥，遮莫咏春人懒。

山篱水陌，浓交斜互，去去靸鞋谁展。
密织蛛丝，空翻蝶翅，影逐金乌转。
有时微醉，横床欹枕，听送鸟哝娇软。
渐开颜、青青嫩子，绿枝挂满。

水龙吟　即席赠胡菊轩

无何苜蓿阑干，萧斋也复成株守。

熙熙台畔，深宵怕听，海风狂吼。
半月粗官，一朝逋客，跨驴而走。
奈今非昨是，任人讪笑，谁与辩，雌黄口。

见惯司空耐辱，敢轻论、陶潜五斗。
故山胶漆，多应相迟，吞花卧酒。
印绶垂腰，烟霞游瞩，谁堪长久。
愿从天收得，清风明月，付持螯手。

菩萨蛮　溪上

双双白鸟冲烟起，水帘一片围沙嘴。
村屋近溪居，夕阳人钓鱼。

山风云裂破，翠点螺千个。
满付酒家钱，滩头洗足眠。

忆秦娥　赠别何似之

歌声歇，无情最有黄昏月。

黄昏月，照人谈笑，促人离别。

风流今日君应绝，相逢顿使肝肠热。
肝肠热，明朝情事，不堪重说。

满江红　登大观楼

飞屐凌云，斜阳候、野烟莽苍。
看对面、龙昂虎踞，岩岈千丈。
宛矣江城开罨画，杰然楼阁排虚敞。
蓦听来、足底发铿訇，松涛响。

风入袂，杯盈掌。鸢鱼趣，凭俯仰。
果谁能管领，今来古往。
檀越三生原是幻，苏门长啸真无两。
霎飞神、游遍大罗天，非非想。

金菊对芙蓉　古剑

掣电飞蛇，凛然三尺，精刚本性谁俦。

看土花余血，霜气凝秋。
何年宝锷重开匣，凌趠处、鬼泣神愁。
持来挂壁，夜深风雨，怕听飕飗。

太息世上恩仇。想慨慷荆聂，兴废嬴刘。
甚烈夫弹铗，侠客鸣韝。
古来名器关身用，况今日、烽火边州。
男儿壮志，千金莫惜，要买吴钩。

燕归慢　夜雨书怀

短烛虚烧，对茅檐雨溜，兀坐无聊。
一生扬子口，今日沈郎腰。
空将蓬芠惜鷦鹩。奈痱磊、泥蛙入户跳。
疏烟茶灶起，应着意，爨底焦。

云添黑，风送响，喧长夜，湿凉宵。
早有惊秋无限思，那更忍听萧骚。
新愁似涌海门潮。总一石、黄流未易消。
寄声苦吟客，最不合，种芭蕉。

意难忘　雨中感旧

眼底人疏。正心情潦倒，强对瓶壶。
屏山余几叠，枉自倚踟蹰。
侵碧藓、响高梧，小院雨模糊。
甚送来、凄凉旧调，惨淡新图。

当年鼓枻明湖。忆联吟叉手，大笑掀须。
风流今宿草，官迹剩荒芜。
频回首、重唏嘘，奈骨瘦容枯。
愁做他、登城王粲，作梦程俱。

念奴娇　夜与石轩及诸同志剧饮石轩旦将归矣作此即以赠别

小亭东畔，恰追欢，今昔雨收云卷。
一味新凉谁领略，俱是旧时青眼。
赌韵飞觞，酬歌击节，喧闹筼筜馆。
挂楼明月，莫教徒笑人懒。

不道。竟作离筵，伤心自昔，我辈难排遣。
红烛烧残更也未，无奈良宵苦短。
试问桥头，垂垂弱柳，可许青骢绾。
归心别绪，樽前且复披款。

水龙吟　别春

也知是色还空，一场春梦今朝又。
晴晴雨雨，因循到了，啼鹃时候。
漫说人闲，天涯海角，东君如僦。
任草根纡带，柳花团雪，都不管，人消瘦。

忆得排樽叉手，弄笙箫、红酣香透。
更无多日，诗情酒意，换来僝僽。
寂历轩窗，闲愁闲闷，百端交凑。
看风吹水面，粼粼恰似，解将眉皱。

卖花声　春夜怀友

鸿影杳无期，物换星移。惊风坠雨总支离。
去日阳关挥手罢，闲却朱丝。

可有梦来时，一枕龟兹。春驹引入黑甜迟。
月色朦胧花影乱，移过窗儿。

西地锦　闲居春暮

无计禁生华发，可许尘缘杂。
桃花褪也，梨花谢也，嫚东风如霎。

多闷却悬高榻，得酒浇愁压。
山耶好在，泉耶好在，奈人辜双靸。

满江红　雨中小饮赠何道东

楼外云飞，问谁着、天衣无缝。
弹指见、雨珠错落，飞廉抛弄。
好有压墙山媚妩，雅无通市人喧哄。
试陈来、短榻与君谈，心期共。

家酿熟，浮蛆瓮。搜吟料，闲花供。
便遨游何必，攀龙招凤。
鸡犬仙家元不俗，金银佛界成何用。
尽人间、悲喜逐升沉，卢生梦。

满江红　感咏叠前韵

地阔天宽，未应似、虱居衣缝。
还又怕、登场傀儡，任人搬弄。
几见沧桑成浩劫，空伤蛮触争喧哄。
涕坟陵、也是有情痴，情谁共。

文字陋，惭覆瓮。绀珠颗，何人供。
更交游漫与，到门题凤。
炭火灾天应弃却，船航田陌难为用。
算而今、未了枕床闲，千般梦。

满江红　斋居仍用前韵

扫地焚香，烟袅袅、细穿帘缝。
阶影碎、一番风至，数枝花弄。
潇洒应知鱼鸟乐，幽情厌听笙箫哄。
计春来、何者是良媒，琴书共。

拈韵了，开春瓮。新蔬剪，园丁供。
敌神仙天上，劈麟炮凤。
楼外云霞晴际望，花间畚锸闲时用。
一回回、支枕试游仙，逍遥梦。

人月圆　送王艺圃

搜春适有同心侣，吟遍野园花。

酒床茶座，不干金紫，闲话桑麻。

言归何遽，青丝谁控，离合休嗟。
簧山云树，锦湖烟水，岂是天涯。

台城路　过废园见梨花数枝感赋

断垣斜照荒苔地，还开刺花如雪。
几任风吹，多遭雨打，点点愁痕欲裂。
繁华电瞥。问曾照欢筵，竹喧樽热。
争奈而今，一枝空被路人折。

韶光占取几许。对榆零絮乱，都是愁绝。
只有禽啼，曾无犬吠，古甃蓬蒿深没。
心情顿别。算金谷梁园，递成消歇。
陈迹茫茫，故悲休更说。

水龙吟　花影

看来是色还空，好风过处偏轻绰。

盈盈意态，闲眠玉砌，惯依珠箔。
月姊传神，羲乌托迹，前身隐约。
任斜斜整整，芳踪淡冶，从不受，人攀捉。

可有蝶俫蜂采，黯黄昏、更谁寻着。
待烧华烛，碧纱窗上，又还娇娜。
试觅香魂，奁心波面，丰姿濯濯。
想传神，纵有虎头画笔，也难描摹。

卜算子　寒食病中

去岁看花时，醉帖传呼早。
脆竹柔丝日日商，风雨挥春了。

今岁看花时，镜里维摩槁。
道是阿侬不出门，恁样风光好。

解连环　病除

自惊衰槁，乍药炉灰冷，药篓声悄。

幸竖子未入膏肓，便肘后多灵，免劳焚祷。
谁蓄心丹，怕参术暗催人老。
甚近来颧颊，耿耿孤灯，午夜相照。

韶华这番恁好。叹多情重负，燕昏莺晓。
渐又作故态狂奴，想醉月飞觞，那时怀抱。
奈绝交书，久不觌曲生风貌。
且莫嗔儿童贪睡，落红倦扫。

湘春夜月　有答

漫操龟，浮生毕竟如何。
渐看剑涩书尘，壮志久消磨。
静里闭关悬榻，怕良交离索，笑类头陀。
念频番着眼，花惊风雨，鸟避矰罗。

乘时舒兴，林泉佳处，瘦马须驮。
嚼雪吟风，从不管、文园病渴，持酒降魔。
天慵自纵，只付将、山屐湖蓑。
叹人间、便有七貂六印，总付南柯。

夜行船　宴坐

帘影中庭刚半揭，池塘绿阴浓叠。
装了瑶函，焚香移榻，听倦莺黄舌。

草色花光门昼闭，风牵一双蝴蝶。
便有人来，王裴清话，合坐蒲团说。

贺圣朝　书事

山风偶送潇潇雨，过翠篁深处。
移时云脚放斜阳，晾蝉声千树。

平头奴子，汲泉燃火，试玉川茶具。
一双新着笋鞋儿，涉东皋闲趣。

清平乐　即事

凉寻静课，小儿翻书坐。
风弄雨珠池上过，故把纸窗敲破。

茗垆松火慵添，燕忙何又穿帘。
一霎横云半裂，夕阳犹在楼尖。

唐多令　七夕闺情

今夜慰相思。明朝怨别离。
度金风、凉雨澌澌。
洒向银河收不起，点点是，泪珠儿。

花果列香墀。空楼敛翠眉。
望团圞、应有佳期。
只爱神仙颜可驻，能不改、昔年时。

后庭宴　咏萤

腐草前身，秋宵闲趣，莎庭竹径频来去。
怜他弱质一星星，觅群误认香檀炷。

光摇扇底轻风，影散花间微露。
灯昏月黑，生怕银河曙。作意入红楼，被湘帘隔住。

绮罗香　赠别高香谷边仲朴陆方桓

归雁无情，啼鸦有恨，何事催人离别。
下榻论交，忆是惠风时节。
晴窗喜、石砚频浇，雨幕看、灯花高结。
最难忘、玉笛琼箫，一樽同醉曲廊月。

凄凉无那满目，太息流波易去，浮云偏裂。
青眼双双，怪底肺摧肠热。
倚斜照、骊唱一声，拂尘案、玉琴三叠。
问从今、谁绾相思，砌梅花上雪。

念奴娇　古裹头城怀古[①]

今来古往，忆人寰代谢，长生无诀。

多事汉皇铜台露，浑忘祖龙颠蹶。

石马盘空，龙台叠翠，旌旆风高掣。

神仙虚杳，玉銮空指溟渤。

当日青鸟翩翻，信传金母，岂蓬莱路绝。

太息公孙栾李辈，计否昆明残劫。

何处方冠，至今人过，剩春花似雪。

含情无限，伫听牟汶呜咽。

①注：城在莱芜境内，邑乘云：汉武帝筑城于此，以方簪冠学道故名。

点绛唇　秋蝉

几片秋声，萧萧衰柳斜阳岸。

韵疏欲断，驿路秋烟晚。

马上魂销，递送离人远。
吟曾惯，似添幽怨，红树前村见。

龙山会　登胡山

耸翠凌穹宇。飘渺飞楼，占断翔禽路。
斜阳凭指顾。烟莽莽、合罩阴齐阳鲁。
堆阜万千重，浑又似、蹲龙踞虎。
蓦铿訇，松涛涧底，大声阗鼓。

何年翻落神鹰，点缀林崖，时有闲云舞。
苔封岩洞古，想羽客、飞引仙曹翁姥。
歌啸总成欢，暂离却、俗间尘土。
尽多情、圆峦戴帽，更淋新雨。

喜迁莺　新柳

碧天如洗。恰春色二分，倩风扶起。
细眼偷青，新眉点翠，低蘸一湾流水。
知否张郎好在，重到灵和殿里。

舞腰怯，笑紫夭红艳，竞夸秾矣。

留意。谁重折，玉勒花骢，人远情犹是。
南浦波平，芳堤草绿，一样感深游子。
争奈软柔心性，休说玉关情事。
怕春去，剩满天飞雪，愁萦千里。

一枝春　海棠

雨腻风娇，骤晴时、一碧大罗天奤。
斜斜整整，暖亚小花簷顶。
帘钩高挂，者回是、昼长人静。
闲看取、粉蝶轻狂，拍碎一栏红影。

知他瓣香谁赠。便莺莺、燕燕难量肥盛。
酒冷黄州，自是更无人省。
放翁颠去，聊仿佛那时情景。
希折与、钿凤云蝉，怕还未肯。

珍珠帘　春尽闻莺

琼英历乱归何处。最关情、又是一年春暮。
余润压尘香，着几番酥雨。
道是芳心无勒缚，便好趁、踏青人去。
前度。看林外金衣，淡黄初乳。

还忆小幔闲窗，听歌喉百转，深情如诉。
风调恁轻便，任款题金缕。
多怕索郎微醉后，被燕燕、将猜成妒。
休误。到晓睡朦胧，尚闻娇语。

春风袅娜　惜春

有何人操管，写遍闲愁。
朝雨散，暮烟稠。
问东君、缘底没情没意，百回披款，也则难留。
不醉神伤，醉经成病，无计安排樽与瓯。
怅望天涯恨多少，浮云空际总悠悠。

争奈繁华梦醒，嫣红姹紫，都分付、逝水浮沤。
休横笛，怕登楼。
那番情事，忍更回头。
金粉凋残，笙歌冷落，金鞍客去，白发人羞。
奚分好丑，看飞红满地，花茵坐拥，强赋销忧。

瑶花　新竹

风轻戛玉，翠挺捎云，问其人谁似。
雪花篱落曾着眼，冷淡梅枝斜倚。
丹山雏凤，恰又向、林边舒尾。
净洗来好雨涓涓，清抱一湾流水。

忆谁门外停车，便剥啄无声，人遽通屐。
庾郎何啬，聊点缀、只两三竿而已。
君能医俗，摒日日、琴樽留此。
输老可颐痒全消，深入筼筜谷里。

风流子　寄柴文泉时柴应礼部试

楼窗何日话，离情重、风雨送春寒。
正携酒听莺，沈郎腰瘦，骑驴选胜，杜老衣宽。
竟谁识、停云花下咏，落月曲中弹。
芳草无情，斜阳欲暮，愁萦瓜漏，目断桑干。

忆曾伤萍梗，徉狂处，自笑虫臂鼠肝。
今日云霄泥土，鸿雀人看。
想铜街尘静，金鳌水皱，才华白锦，桃李春官。
早诧头颅恁好，不似儒酸。

忆旧游　夏日斋居

忆江干试酒，岭上吹箫，倚醉成颠。
过了芳菲节，便榴花早谢，水绽红莲。
几回北窗高卧，支枕事游仙。
待梦觉蘧蘧，槐阴转砌，长日如年。

帘前，曳双屧，看草软铺茵，苔碎成钱。
解识禽鱼乐，爱剥将蕉叶，聊当吟笺。
更展陆郎遗帙，拨火瀹新泉。
渐送却羲乌，静聆徽外三两弦。

念奴娇　途次古平陵

齐川百里，指村楼驿树，重重烟隔。
忆是坡仙吟句处，正尔春愁脉脉。
啼了鸦雏，飞迟燕子，遮莫伤行客。
夕阳横锁，境南无限山色。

遥想走马交钱，义公休矣，莫更哀桐柏。
惆怅王家歌舞地，剩有野花狼藉。
荣悴无常，兴亡有数，着眼今犹昔。
孤怀谁诉，计程还理鞭策。

附录：孟传铸撰《西槎公墓志铭》

呜呼！自公云亡，吾宗修饬端谨之彦盖偻指无多人矣！即声律一途亦寥寥乎，广陵散矣！

公之考曰岚亭先生，官农部郎，富著述；致政后为善于乡，有长者誉。先大夫鹤田府君，亦耽雅骚称邑中，耆宿同时并负高名。迨公与铸继起，率以诗赋邀学，使者赏拔居前列，有声黉序间，论者遂谓两家接武有人。夫何门祚衰薄，中蹶难振。铸浮沉冗散厄塞终老，而公蹭蹬未掇一第，竟奄忽就没吁，悲哉！

公具俊爽超逸之才，嗜诗及词，而时寓情于饮酒度曲，临池又余技也。其诗，胚胎昔贤，抉髓吸精，尤于姜白石四种高妙之说，心摹力追，故䜣合处亦复神韵天然，直接新城衣钵，然其中冲澹豪放，超诣洗练，境随年进，兼擅众长，非拘守一格者；词则老健苍古，间出峭蒨流丽语，一空罗绮香泽之习。

公于诸艺事皆援铸为同心。铸钝根未除，不中服襄骖驾也。当是时，垆边赌句，花底分笺，觥爵交腾，竹肉竞发，其酣嬉淋漓，飞扬跋扈情状，觉太白宴桃李园后一千余年复有此乐。流光奔驰，斯境忽忽若在昨梦，而公墓木拱矣。

今所刻《赠云山馆诗》三卷，《红藕花榭诗余》一卷，乃从俎谢之后，铸为选定者。是集出，赏鉴家争相奖借。历下余秋门大令收入《山左诗钞》者三十七篇，同邑吴菊农明经采入《绣水诗钞》者略同。其为一代传人无疑矣。

然公岂以文士自命哉。束脩自好，内行特纯。事继母，左右就养，晨昏罔间；抚两弱弟，寓严于宽，范身作则，诸弟服习其教，恂恂守礼，无跅弛败检者。接物谦退，不轻启臧否之口；非意横干谢，遣之曹偶。推其雅量，然外和内介，意所鄙夷，虽由由与偕，弗洽也。习岑寂，门无杂宾，座中时有一二诗酒侣，余日闭户微哦，把卷拈毫而已。著作戢戢若束笋，未尝轻出示人，其志行纯粹谨密多类此。将冠试于邑，关中窦公赏其文，拔居第一为学官弟子。既而屡赴秋闱，佹得佹失。癸卯省试，初场以越幅不合格被摈，纳卷时堂上诸公争回环洛诵，太息失一魁文；方觅公改补，公竟踉跄出矣。由廪贡生授训导，试摄寿光县广文，不欲往，众迫之，浃旬而归；遂绝意仕进。昧于治生业，澌替泊然，无所关怀。盖淡于荣利，其天性也！独是，笃嗜登览，闻宇内名山大川，灵区胜概，辄欣然神往。顾杜门养母，戢影闾巷不获。携榔栗，裹行縢，如向禽故事。以摅其浩气逸情，则平生所嗛嗛者。

公讳传璿，字在星，号西槎。于嘉庆某年某月某日生，于道光二十三年十二月某日卒，年四十有几。太高祖锡弼庠生；高祖国宲候选州同；曾祖可相监生；祖有恒岁贡生；父云峰昌乐县教谕，户部广东清吏司主事，即岚亭先生也。配何孺人，泗水县教谕维絜公之女，壸职修举，有贤声。无子，以弟传琛冢男继润为嗣，武庠生；女五，皆归士流。

甲辰九月，葬公所居北原上；窀穸之期，匆匆襄事，幽石缺如。铸老矣，若终默不一言，惧负泉下相知之雅，爰撮书梗概，邮寄继润，锲而瘗之。时同治二年癸亥残腊也。

铭曰：长吉呕心，劬学损年；希踪盖寡，吾宗有贤；词倾三峡，珠唾九天；才丰数厄，早闭黄泉；豹皮故在，篇什流传。屹诗名而不沫，庶来者其考焉！